Franck Ferrand est historien, diplômé de l'école des Hautes Études en sciences sociales. Animateur de l'émission « Au cœur de l'histoire » sur Europe 1, il a écrit plusieurs documentaires pour la télévision. Il est également l'auteur de nombreux ouvrages, dont la série historique *La Cour des dames*.

Franck Ferrand

L'HISTOIRE INTERDITE

Révélations sur l'histoire de France

Tallandier

TEXTE INTÉGRAL

ISBN 978-2-7578-4140-2
(ISBN 978-2-84734-497-4, 1re édition)

À la mémoire de Laurent Le Chatelier

> Je croirais manquer au public, à la vérité, à ma profession et à moi-même (comme on dit) si je restais muet. J'ai pris des engagements, il faut les remplir.
>
> Voltaire, *Lettres*, 1762

« L'Histoire, ironisait Napoléon, est un mensonge que personne ne conteste. » Pour avoir, depuis tant d'années, consacré l'essentiel de mon temps à cette discipline, j'ai pu mesurer la justesse d'une telle définition. Tant il est vrai que la plupart des événements passés ont été distordus par la mémoire commune – surtout quand ils présentaient une valeur symbolique. À propos d'un fait quelconque, il suffit le plus souvent de gratter le vernis et de creuser un peu pour découvrir une réalité différente de l'opinion admise, voire éloignée d'elle.

Chaque semaine ou presque apporte son lot d'ouvrages contestant l'existence effective de telle bataille, dévoilant les ressorts cachés de tel assassinat, bouleversant l'interprétation de tel traité... Je m'efforce chaque fois de les lire et de forger ma conviction. Contrairement à ce que d'aucuns penseraient, je demeure sceptique le plus souvent, et ne suis pas très facile à convaincre. Mais il arrive, naturellement, que la démonstration soit assez convaincante pour emporter mon adhésion.

Ce fut le cas pour les cinq thèses développées dans ces pages.

Seulement cinq thèses, dira-t-on, sur des centaines d'énigmes traitées à la radio pendant cinq ans ! La proportion est faible, j'en conviens. Seulement elle donne la mesure de mon exigence pour ce livre – exigence double au demeurant.

D'abord, je n'ai retenu que des points de vue sérieux et argumentés. Car c'est une chose de contester une vérité établie ; c'en est une autre de fournir les preuves à l'appui de ce qu'on avance. Or, me semble-t-il, plus une position diffère de la norme, et plus elle se doit d'être étayée.

Parmi tout un chapelet de thèses solides, je n'ai conservé, de surcroît, que celles qui me paraissaient les plus porteuses de sens. Quel intérêt y aurait-il en effet à contester une version autorisée, si sa remise en cause n'aidait à une compréhension meilleure de l'époque ou de la situation ? En d'autres termes, il faut, pour qu'une version déviante de l'histoire m'intéresse vraiment, qu'elle se révèle explicative.

Autant l'avouer : les positions que je vais exposer ici sont devenues pour moi des chevaux de bataille. Il se peut qu'elles heurtent des convictions et perturbent certains de mes lecteurs, moins attachés à la vérité qu'à leurs certitudes. Je le regrette. Mais sans chercher à les bousculer pour le plaisir, je ne puis dissimuler ma puissante envie de les convaincre.

Qu'on ne s'y trompe pas pour autant : ces différentes thèses doivent bien peu à mes propres recherches (je suis, pour ma part, avant tout historien de Versailles). Si je les reprends à mon compte, ce n'est pas dans l'intention de les faire miennes ; il s'agit, au contraire, de mettre en avant leurs inventeurs. Tous sont morts aujourd'hui. Je veux croire que cette initiative rendra justice à leurs efforts.

Puisque les circonstances m'ont offert quelque audience, je trouve utile de la mettre au service de celles et ceux qui ne bénéficient pas des mêmes avantages. Combien de chercheurs, après des années d'un labeur obscur en archives et en bibliothèques, auront-ils vu ruiner le fruit de leurs travaux, uniquement parce que les conclusions auxquelles ils étaient parvenus dérangeaient l'orthodoxie ? La propension naturelle des institutions à défendre les vérités officielles – parfois en dépit du bon sens – est un phénomène auquel je ne me résigne pas. Et lorsque je vois qu'une chose est fausse, aucune autorité, si respectable soit-elle, ne me la fera tenir pour vraie.

En attaquant de front cinq controverses de l'histoire de France – le site d'Alésia, l'ascension de Jeanne d'Arc, les liens entre Molière et Corneille, le contenu du tombeau de Napoléon et les origines de l'affaire Dreyfus – je ne puis espérer complaire aux tenants du consensus, aux gardiens de la sacro-sainte « pensée unique ». Parlons clairement : du point de vue de l'Université, de tels sujets sont regardés au mieux comme des « serpents de mer » indignes d'intérêt, au pire comme des inepties sulfureuses et même dangereuses. Les évoquer dans un colloque suffirait à déconsidérer, aux yeux de ses pairs, tout chercheur patenté ; et ce serait pour lui s'exposer à des lazzis et à des haussements d'épaules que vouloir en débattre publiquement.

Autant dire que de tels sujets sont, de fait sinon de droit, frappés d'un étrange interdit.

Pourquoi, demande l'ingénu, faut-il avancer à visage couvert lorsqu'on enquête sur l'emplacement du siège d'Alésia ? Pourquoi doit-on s'exiler à Louvain ou à Lausanne pour monter un colloque sur la collaboration entre Corneille et Molière ? Pourquoi est-il recommandé de faire précéder la moindre intervention sur un point secondaire de l'affaire Dreyfus d'une mise au point stigmatisant l'antisémitisme ?

Pourquoi ? Mais parce que nous sommes en France et qu'au pays de Voltaire, deux siècles et demi après l'affaire Calas, l'argument d'autorité et le procès d'intention continuent de primer sur la libre dispute.

L'ermite de Ferney signait ses lettres les plus compromettantes du pseudonyme *Ecrelinf*, abréviation de sa devise : « Écrasons l'infâme ! » À ses yeux, l'« infâme » désignait notamment le fanatisme et l'intolérance. J'ai le regret de constater que, de nos jours, ces travers n'ont pas entièrement disparu… Simplement, ils sont moins à chercher désormais dans la religion que du côté d'un enseignement profane assez tristement sclérosé.

Le présent ouvrage va me faire des ennemis, à coup sûr, m'attirer sans doute la condescendance des mandarins et peut-être même me créer des ennuis. On ne s'attaque pas impunément à certains bastions… Cependant j'assume les inconvénients de cette entreprise, et d'autant plus volontiers que j'ai le sentiment, en bravant quelques interdits, d'œuvrer à l'avancée de la seule cause qui vaille pour un homme dont l'existence est vouée à l'histoire événementielle : le lent progrès – l'inexorable progrès – de la vérité.

I

Le mystère d'Alésia ? Une affaire classée !

*Si l'on en croit le chœur à peu près unanime des universitaires et des journalistes, le site de la célèbre victoire de Jules César, en 52 avant Jésus-Christ, n'est autre que l'*oppidum *bourguignon du mont Auxois, au-dessus d'Alise-Sainte-Reine en Côte-d'Or. Tous en veulent pour preuve le rapport des fouilles menées, de 1991 à 1997, par une équipe franco-allemande d'archéologues, et pour témoin le vaste projet de* MuséoParc Alésia*, ouvert au printemps 2012.*

Mon premier contact avec ce fameux site, haut lieu national depuis le second Empire, ne remonte qu'aux années 1990. Je le dois à un ami peintre et graveur de talent, bourguignon dans l'âme et grand admirateur de Vercingétorix. J'étais ému, lorsqu'il m'y a conduit pour la première fois, de me situer enfin sur l'ombilic, à l'endroit même où serait née l'histoire de France.

Pourtant, la vérité m'oblige à confesser que ma joie, ce matin-là, ne fut pas sans mélange. À bien y songer même, je crois pouvoir dire qu'au fond de moi, la frustration l'emporta sur d'autres impressions. « Ce n'est pas le bon endroit, me murmurait une petite voix importune ; c'est trop décevant ! » Mes souvenirs des

Commentaires *de César avaient beau remonter au collège, je trouvais invraisemblable en effet que le jeune chef arverne ait pu rassembler en un tel lieu la force vive des Gaules.*

Tout – médiocrité des surfaces, modestie des reliefs, banalité même du paysage – me paraissait contraire à l'image grandiose que je m'étais faite, jadis, du fameux Affrontement. Et ce ne sont pas mes visites ultérieures qui modifièrent ce premier sentiment ; un adjectif me revenait toujours à l'esprit : « décevant ».

Une telle intuition aurait dû me conduire à plonger aussitôt dans les délices empoisonnées du mystère d'Alésia ; je dois reconnaître qu'il n'en fut rien et que je n'ai pas pris la peine, à cette époque, de creuser la question plus avant.

Mais lorsque, des années plus tard, je suis tombé sans le chercher sur un pamphlet intitulé L'Imposture Alésia[1]*, j'ai senti resurgir d'un coup cette frustration conservée, discrètement, dans un recoin de ma mémoire.*

Cette fois, il a bien fallu que je me documente. Je l'ai fait abondamment.

Or, à force d'écumer la littérature spécialisée, j'en ai conclu que c'était le fameux ouvrage qui certainement disait vrai ; et je suis allé trouver son auteur, Danielle Porte, maître de conférences à l'Institut d'études latines de la Sorbonne. Sous ses dehors pugnaces, cette vraie combattante m'a paru défendre ses thèses avec beaucoup de science – et pas moins de sensibilité.

Par la suite, c'est en sa compagnie que je devais arpenter, au cœur du Jura, le territoire dissident – couvert

1. Danielle Porte, *L'Imposture Alésia*, Carnot, 2004.

de gelée blanche... Alors, et alors seulement, j'ai pu me dire sans réserve : « Voilà l'endroit. »

En juillet 2008, une émission de télévision allait m'offrir la chance de survoler les deux sites, le bourguignon et le jurassien, à bord d'un petit hélicoptère. Ce fut une expérience ineffable et définitive.

Ma conviction s'en est encore affermie, rendant impérieuse à mes yeux une prise à témoin de l'opinion publique.

ALÉSIA IDENTIFIÉE

> L'analyse critique des arguments développés en faveur de la fixité du dogme fait apparaître combien est chancelante la certitude proclamée.
>
> André Berthier

L'histoire de France, telle qu'on la raconte, s'ouvre par un sanglant épisode : celui du siège et de la bataille d'Alésia.

Épisode fondateur s'il en est ; car lorsque, un demi-siècle avant notre ère, les puissantes légions de César écrasent l'armée immense de Vercingétorix, c'est bien le destin d'un pays qui se noue. Rome l'emporte. À partir d'Alésia, la civilisation latine va prendre le pas, en Gaule, sur la civilisation celtique ; l'esprit concret des préfets romains y balaiera l'esprit magique des druides.

Ainsi la culture de l'écrit, fondement de l'histoire, finira-t-elle par s'imposer sur ces vieilles terres d'oralité. Précision essentielle à ce propos : les pages inaugurales d'Alésia sont le fait des seuls vainqueurs. Puisqu'il n'existe aucun récit celtique, les auteurs relatant ce duel entre Romains et Gaulois sont tous du même bord, tous gréco-latins ; ils portent des noms dignes d'impressionner la foule : Plutarque, Dion Cassius…

Pour ce qui est d'Alésia en propre, la seule relation immédiate qui nous soit parvenue se résume aux *Commentaires de la guerre des Gaules* – des notes dictées par un certain Jules César qui s'y mettait lui-même en scène.

Or il faut bien reconnaître qu'à ces sources biaisées correspondent des vestiges fantomatiques.

En effet César, après sa victoire, a ordonné qu'Alésia soit brûlée, ses murs, détruits, son nom même, voué à l'oubli des siècles. Ainsi a-t-on rompu le fil et perdu toute trace des combats. Et le champ du Grand Affrontement s'est évanoui dans la nuit des temps…

D'où cette question qui traverse les siècles : où situer le lieu décisif ?

Reconnaissons que l'énigme est piquante… Un délassement pour les érudits, mais qui s'est hélas transformé, sous l'effet des passions humaines, en une violente querelle d'experts. C'est que cette – trop moderne – bataille d'Alésia se nourrit d'enjeux politiques et personnels…

Dieu sait pourtant que les faits ne sont pas tout jeunes : deux millénaires et plus ! Je conçois qu'eu égard à cette ancienneté, l'âpreté des débats dont ils sont l'objet puisse prêter à sourire ; je le conçois, mais à regret. Car ce qui est en jeu, au-delà de ces petitesses, ce n'est rien de moins que le sens profond d'un des moments-clés de l'histoire occidentale. Plus important encore : c'est le destin d'un site archéologique majeur.

LA RETRAITE DE CÉSAR

Au premier rang des idées fausses concernant Alésia, vient l'opinion que Jules César, au cours de son ultime campagne en Gaule, aurait constamment dominé la situation. Les textes – à commencer par le sien – nous apprennent le contraire.

Laissez-moi reprendre les choses à leur commencement.

Dans les tout débuts de l'année 52 avant Jésus-Christ, Jules César, sous le titre de proconsul, est en charge de la province romaine cisalpine. Il réside donc à Ravenne, sa capitale, en Italie du nord. Depuis cet hivernage, il peut suivre d'assez près la préparation des élections consulaires à Rome – Rome où sa rivalité avec Pompée, chaque semaine plus aiguë, nourrit de grands désordres. Or, César sait qu'il est en train de jouer son avenir politique ; et il compte bien se présenter au sénat et au peuple romain en tant que pacificateur des Gaules.

Pourquoi ce titre ? Parce que depuis six ans, une série de campagnes sanglantes, impitoyables mais victorieuses, ont permis au grand stratège d'imposer le joug de Rome à des peuples gaulois brouillons et divisés.

Seulement César n'avait pas tout prévu ; et au cœur de l'hiver, parvient à Ravenne le bruit d'un soulèvement de grande ampleur au nord. Une insurrection ? Le proconsul est stupéfait : il était persuadé d'avoir soumis ces gens-là une fois pour toutes ! Cependant un messager ne tarde pas à confirmer la nouvelle : les insurgés auraient suivi l'appel de Vercingétorix, jeune chef arverne auquel César lui-même, naguère, avait cru pouvoir décerner le titre d'« ami de Rome ». Il semble que les premiers à se révolter aient été les Carnutes, un peuple vivant entre Seine et Loire ; ils auraient même massacré la communauté romaine d'Orléans (*Cenabum*).

Voilà qui vient bousculer tous les plans…

Réagissant vite, à son habitude, César se fixe comme priorité de sauver son immense butin de guerre. Il doit, pour ce faire, secourir les légions postées en Gaule et rétablir l'ordre sur ce territoire auquel il a lié son destin. Ensuite – mais ensuite seulement – il s'en ira défier Pompée à Rome…

J'ai l'air de m'égarer dans cette histoire antique ; mais il faut en passer par là si l'on veut bien comprendre ce que représente Alésia.

Donc César accourt à Narbonne, qu'il commence par défendre, et en profite pour réunir environ douze mille hommes qu'il conduit, à marche forcée à travers des Cévennes enneigées, jusqu'au territoire des Arvernes (en Auvergne). Son but est d'y attirer Vercingétorix, installé plus au Nord depuis quelques semaines… Ayant atteint ce premier objectif, le proconsul s'éclipse aussitôt ; laissant son infanterie dans les mains du légat Brutus, il gagne au plus vite, à cheval, le pays des Lingons (la Champagne). Précisons que les Lingons ont la réputation d'être fidèles à Rome.

Le proconsul réunit alors les légions de Langres et de la Meuse, et les mène vers Sens (*Agedincum*), où il les réunit à celles de son meilleur lieutenant, Labiénus. Laissant là deux légions de recrues trop jeunes, César et Labiénus redescendent à grands pas vers le centre de la Gaule, dans une avancée punitive ponctuée de sièges cruels : ils emportent ainsi les places fortes gauloises de Montargis (*Vellaudunum*), Orléans (*Cenabum*), Neuvy-sur-Barangeon (*Noviodunum*) et Bourges (*Avaricum*), dont ils massacrent les populations.

Cependant Vercingétorix organise la riposte ; conscient de ses propres carences, il adopte la double tactique des peuples insurgés : guérilla et terre brûlée. Non sans un certain succès, du reste : les Romains, affamés, ne vont plus tarder à marquer le pas. Or, ils doivent se séparer. César envoie Labiénus contenir à l'ouest un soulèvement du côté de Lutèce ; quant à lui, à la tête de six légions, il poursuit sa descente vers Gergovie.

C'est alors que se produit l'inconcevable : non seulement la capitale arverne résiste à l'assiégeant un mois entier, mais l'assaut final des Romains se solde par un échec.

BRITANIA
GERMANIA
Aduatuca
??
Bagacum
??
BELGIUM
Mogontiacum
??
Augusta Trevorum
??
Rotomagus
Rouen
Durocorturum
Reims
Divodurum
Metz
Lutèce
Paris
Agedincum
Sens
Argentoratum
??
Condate
Rennes
Cenabum
Montargis
Andematunnum
Langres
LINGONES
Vesontio
Besançon
Portus Namnetum
Nantes
Bibracte
Mont Beuvray
Avaricum
Bourges
Cabillonum
Châlon-sur-Saône
??
Decize
Limonum
??
Lousonna
Lausanne
Matisco
Mâcon
CELTICA
Mediolanum
??
Gergovie
Lugdunum
Lyon
Brioude
GALLIA
CISALPINA
Burdigala
Bordeaux
Uxellodunum
??
Valentia
Valence
Elimberris
??
Massalia
Marseille
Narbo Martius
??
HISPANIA
TARRACONENSIS
Localités

Oui : César doit s'incliner devant Vercingétorix !

Étonnant retournement. Même s'il faut relativiser la défaite d'un général qui, à Gergovie, perd moins de huit cents hommes, ce coup d'arrêt n'en est pas moins un avertissement. En vérité, Gergovie sera le point d'achoppement de la campagne de César ; et d'autant plus que ses alliés éduens (les Gaulois de Bourgogne) en profitent pour se détourner de lui : ils ne tardent pas à dénoncer leur pacte avec Rome.

Cette défection des Éduens constitue pour César un bouleversement de taille ; en effet, elle revient à le priver de l'essentiel de sa cavalerie.

Dès lors vulnérable, conscient de l'abattement moral de légions du reste affamées, le Romain décide de rebrousser chemin. Je ne crois pas m'éloigner beaucoup de l'histoire officielle en disant qu'il vient alors chercher refuge chez des Lingons toujours fidèles, où il va demeurer dix longues semaines au début de l'été.

On ne sait pas grand-chose de l'activité de César durant ces dix semaines. Mais on peut déduire de la suite qu'il aura mis à profit cette trêve pour négocier à distance l'engagement de cavaliers germains et planifier une évacuation complète.

J'ai bien écrit : évacuation complète. Car même s'il feint, pour sauver l'honneur, d'écouter avant tout l'appel au secours d'une province romaine vaguement menacée, il s'avère que, pour la première fois en six ans, César s'apprête à quitter la Gaule sans laisser derrière lui une seule légion. Ni le moindre bagage.

Ainsi Vercingétorix a-t-il remporté la première manche de l'Affrontement – la première manche seulement…

Le jeune Arverne, s'il veut éviter que César ne s'en aille à la tête de légionnaires intacts – ce qui laisserait présager son retour en force, terrible, dès l'année suivante –, doit s'employer à laminer les Romains avant qu'ils n'aient disparu.

Dans cette perspective, il réunit à Bibracte une assemblée générale des nations insurgées. Y sont représentés tous les Gaulois, à l'exception des Lingons – toujours fidèles à Rome – et de deux peuples belges. Les chefs éduens sont là, en revanche, forts de leur tout frais revirement. À n'en pas douter, ceux-ci voient dans les Arvernes des ennemis plus que des alliés ; mais puisque Vercingétorix, chef arverne, est confirmé dans ses fonctions suprêmes, ils feront plus ou moins bonne figure… « Déboutés au congrès de Bibracte, devaient estimer Lavisse et Bloch[1], extrêmement mortifiés, [les Éduens] ne songèrent plus, dès lors qu'à ménager leur rentrée en grâce auprès de César. Leur opposition sourde ne trouva que trop de complices dans les autres fractions de l'aristocratie gauloise. »

Nous pourrons mesurer bientôt les conséquences terribles de cette attitude. Mais je m'en voudrais de brûler les étapes.

Pour le moment, les Romains n'ont qu'une obsession : prendre tous ces Gaulois de vitesse. Encore leur faut-il choisir une voie sûre, par où quitter la Gaule. Autrement dit : organiser une retraite dans les règles ! « Toute la Gaule est en rébellion, résume Michel Reddé[2], et la situation devient intenable pour César. Il faut partir au plus vite, forcer le passage par le pays des Lingons, encore fidèles, vers celui des Séquanes, incertains, gagner Genève et le pont

1. Ernest Lavisse et Gustave Bloch, *Histoire de France*, tome I. Hachette, 1901.

2. Michel Reddé, *Alésia, l'archéologie face à l'imaginaire*, éditions Errance, 2003.

sur le Rhône, seul passage encore possible vers le sud, car les Éduens coupent désormais la vallée de la Saône. À la fin de l'été 52, le glorieux proconsul des Gaules, stratégiquement vaincu, prend le chemin de la retraite. »

L'ALÉSIA DES MANDUBIENS

Quand les cavaliers germains – arrivés en tapinois par le nord – ont enfin rejoint les légions romaines, Jules César estime leurs chevaux fatigués ; aussi va-t-il leur confier ceux de ses propres officiers. Puis il organise le départ ; depuis le plateau de Langres, véritable carrefour stratégique, l'armée romaine va s'ébranler vers le sud.

Il ne faut jamais perdre de vue la masse énorme qu'elle représente : douze légions de six mille hommes ! Et songer que, chaque jour, une telle marée humaine engloutit au bas mot cinquante tonnes de blé – pour ne parler que du blé.

On comprend qu'il soit nécessaire de la mettre en mouvement au plus vite. Mais par où ? On ne déplace pas facilement un tel mastodonte. Il ne s'agit pas d'une centurie qui serpenterait en file indienne ; ces douze légions s'étirent sur des dizaines de nos kilomètres et s'étalent en largeur sur des dizaines de mètres. Chacune traîne mille bêtes de somme, sans oublier les machines de guerre, si encombrantes, et les *impedimenta* : tous ces chariots débordant de vivres, de bagages, de richesses amassées au fil des victoires passées… Un convoi de cette lourdeur ne se faufile pas n'importe où. Malgré leur audace, César et ses lieutenants vont devoir composer, lorsque les routes feront défaut, avec les obstacles naturels.

LES ITINÉRAIRES POSSIBLES DE CÉSAR

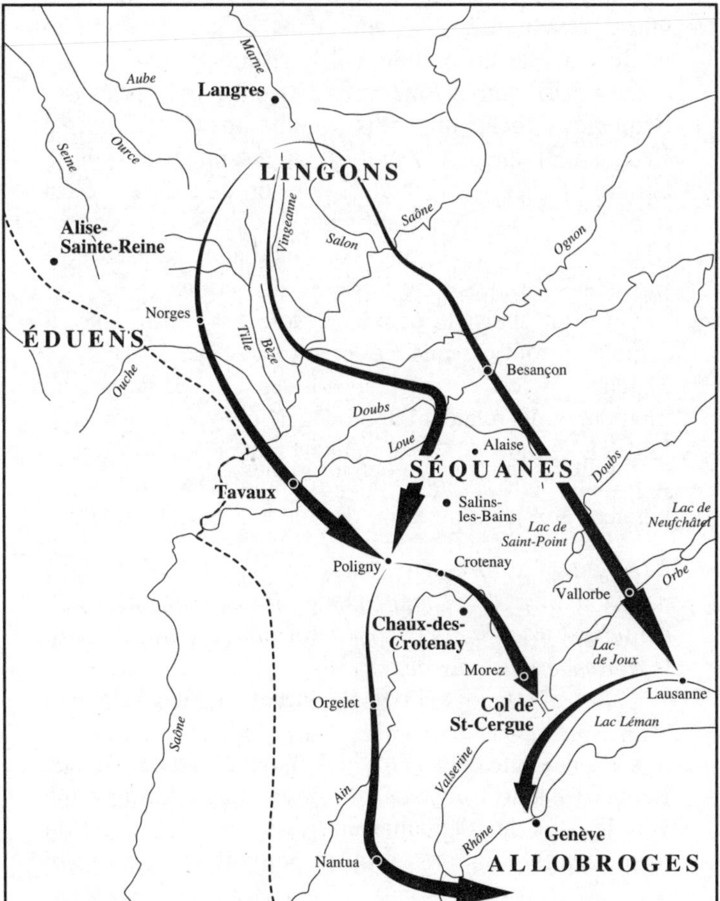

Or, ils n'ont guère le choix, pour gagner Genève (le pays des Allobroges), qu'entre trois passages.

Suivre, par l'ouest, la vallée de la Saône en pays éduen reviendrait à se jeter dans la gueule du loup gaulois. César en prendrait-il le risque ?

Les deux autres itinéraires passent par le pays des Séquanes – beaucoup plus accommodants. Le plus à l'est, par Besançon (*Vesontio*) et Lausanne (*Lousonna*), aboutirait chez les Helvètes, dont on peut dire – c'est une litote – qu'ils ne sont pas les amis de César… Mais il existe aussi une voie médiane, par les cols jurassiens de la Savine et de Saint-Cergue.

Qu'il ait choisi la deuxième voie ou la troisième, il semble en tout cas que César soit passé par le pays des Séquanes. C'est ce qu'indiquent ses *Commentaires*, au moment où ils relatent l'approche du convoi par les Gaulois. Ici, les mots de César prennent toute leur importance ; je préfère donc les livrer d'abord, pour ceux qui s'adonneraient aux joies du latin, dans leur langue originale.

Cum Caesar in Sequanos per extremos Lingonum fines iter faceret, quo facilius subsidium provinciae ferri posset, circiter milia passuum X ab Romanis trinis castris Vercingetorix consedit.

(Livre VII, début du paragraphe 66.)

Ce qui donne dans la traduction de référence[1], signée Léopold-Albert Constans : « Comme César faisait route vers le pays des Séquanes en traversant l'extrémité du territoire des Lingons, afin de pouvoir plus aisément

1. Jules César, *Guerre des Gaules*, traduction de L.-A. Constans, Les Belles Lettres, 1950.

secourir la Province, [Vercingétorix] s'établit, dans trois camps, à environ dix mille pas des Romains. »

Si l'on s'en tient à cette version consacrée, César n'était donc pas, au moment de l'épisode qui se prépare, arrivé chez les Séquanes ; bien qu'approchant de leur pays, il se trouvait encore en Lingonie… Soit. Seulement la préposition *in*, suivie de l'accusatif désigne d'abord « le mouvement qui aboutit à l'intérieur d'un lieu[1] » ; et donc cette phrase : *cum Caesar in Sequanos per extremos Lingonum fines iter faceret* admet la traduction suivante : « Comme César entrait chez les Séquanes par les confins du pays des Lingons… » Oserai-je ajouter que, sous le stylet grec de Dion Cassius, le *in Sequanos* latin deviendra : *en Sèkouanoïs*. Et cette fois, la seule traduction possible sera bel et bien : « chez les Séquanes ».

J'ai l'air de pinailler ; mais de telles arguties vont devenir décisives quand on entreprendra de situer les différents épisodes sur une carte.

Pourquoi Vercingétorix a-t-il établi trois camps en avant de César ? Mais parce qu'il a prévu de l'attaquer, tout simplement.

Au moment où ils s'y attendent le moins, les Romains vont en effet subir la première offensive des Gaulois. Il s'agit d'une triple attaque de cavalerie, en provenance des trois fameux camps. César, qui chemine au centre « avec les bagages » – entendez : le trésor –, reconnaît n'avoir appris cet assaut de cavalerie qu'avec un temps de retard ; ce qui laisse supposer qu'un accident de terrain dissimulait à ses yeux sa propre avant-garde.

1. Alfred Ernout et François Thomas, *Syntaxe latine*, Klincksieck, 2002.

Aussitôt averti, il fait donner, en riposte, une arme tenue jusque-là secrète : la cavalerie germaine, également partagée en trois corps ; or, celle-ci va surprendre les agresseurs et les malmener tellement que, bientôt, elle les talonnera jusqu'à une hauteur, sur la droite de l'armée romaine. Terribles centaures à deux têtes que ces Germains, emmenant derrière eux, en croupe, un cavalier-voltigeur surarmé. Ils poursuivront les Gaulois affolés au-delà de ladite hauteur, jusqu'à une rivière protégeant l'infanterie de Vercingétorix.

Naturellement, cet effroyable combat de cavalerie n'a pu se dérouler qu'en plaine ; or la vaste étendue en question doit comporter, si l'on en croit le texte : au nord, un élément de relief et, à l'ouest, une colline bordée par une rivière.

Voilà trois données topographiques sur lesquelles je reviendrai en temps utile.

À l'issue de ce premier engagement, César nous décrit – pour la première fois – un Vercingétorix en difficulté, se repliant sur son nouveau quartier général : *Alesia Mandubiorum*, « Alésia, ville des Mandubiens ».

Quelle est cette ville ? L'historien Diodore de Sicile, contemporain des événements, nous apprend qu'il s'agit d'une cité emblématique entre toutes, pour ne pas dire même sainte puisque Alésia est, selon lui, une « très grande ville, foyer religieux et métropole de toute la Celtique ».

Quant aux Mandubiens habitant la cité sacrée, je dois admettre qu'on n'en sait presque rien. La mention de ce petit peuple constitue un hapax, c'est-à-dire un terme qui n'apparaît qu'une fois dans toute la littérature antique.

« Le lendemain, poursuit le proconsul – et j'insiste

sur le fait qu'il s'agit du lendemain – César campa devant Alésia. » Il en profite pour décrire le site, à sa manière nette et concise. Ces lignes capitales valent bien une nouvelle citation dans le texte – ne croyez pas que j'en profite...

> *Ipsum erat oppidum Alesia in colle summo admodum edito loco, ut nisi obsidione expugnari non posse videretur. Cuius collis radices duo duabus ex partibus flumina subluebant. Ante id oppidum planities circiter millia passuum III in longitudinem patebat ; reliquis ex omnibus partibus colles mediocri interiecto spatio pari altitudinis fastigio oppidum cingebant.*
>
> (Livre VII, début du paragraphe 69)

Ce qui donne, dans la traduction consacrée de Constans : « La ville proprement dite était au sommet d'une colline, à une grande altitude, en sorte qu'on voyait bien qu'il était impossible de la prendre autrement que par un siège en règle. Le pied de la colline était de deux côtés baigné par des cours d'eau. En avant de la ville, une plaine s'étendait sur une longueur d'environ trois mille pas ; de tous les autres côtés la colline était entourée à peu de distance de hauteurs dont l'altitude égalait la sienne. »

Cette version, publiée en 1926 et depuis constamment reprise, appelle de nouveau quelques précisions.

Car si l'on essaie de coller vraiment à ces précieuses indications latines, il apparaît que la ville se trouve « au sommet d'une colline » (*in colle summo*), en « un lieu très élevé » (*admodum edito loco*) ; que « deux rivières » (*duo flumina*), « sur deux des côtés » (*duabus ex partibus*), « baignant les racines de ce promontoire » (*cuius collis radices subluebant*), coulent au fond de ce qui doit ressembler à des gorges, puisque les hauteurs environnantes, « s'élevant à la même altitude » (*pari altitudinis fastigio*), ne sont séparées de la principale que par « un faible espace intermédiaire » (*mediocri interiecto spatio*). Et qu'« en avant de l'*oppidum* lui-même » (*ante id oppidum*) s'étend, « tout en longueur » (*in longitudinem*) une plaine, – ou plus exactement « une surface plane » (*planities*) – « de trois mille pas », soit environ quatre kilomètres et demi.

Pour être à peu près complet, il convient d'ajouter à ce paysage un fort relief au nord, appelé à jouer, dans la bataille proprement dite, un rôle déterminant.

Voilà planté le décor. Voilà défini, au moins dans ses grandes lignes, le site qui va nous occuper. Coïncide-t-il avec le mont Auxois ? Épineuse question.

L'ALÉSIA DE NAPOLÉON III

1997. Sur la commune d'Alise-Sainte-Reine, en Bourgogne, les fouilles de six années touchent à leur fin. Menées par une équipe franco-allemande, sous la direction de Michel Reddé, de l'École pratique des hautes études, et de Sigmar von Schnurbein, de l'université de Francfort, elles ne constituent pas, loin s'en faut, la première campagne archéologique menée sur le site en un siècle et demi. Il faut dire que le mont Auxois n'est pas n'importe quel site : il est officiellement considéré, depuis le second Empire, comme le haut-lieu du siège et de la bataille d'Alésia.

D'où lui vient ce label, de qui procède cet *imprimatur* ? De Napoléon III en personne ! On sait que l'empereur des Français, stimulé par le *Précis des Guerres de César* laissé par son oncle illustre, avait entrepris de publier une *Histoire de Jules César*[1]. S'identifiant volontiers lui-même à une figure idéalisée de Vercingétorix, paternelle, consensuelle et… moustachue, Louis-Napoléon se donna les moyens de son ambition. Il constitua une commission *ad hoc* et mit en œuvre, à l'appui de ses travaux, un singulier concours de talents et de savoirs. Il s'entoura d'historiens, lança des chantiers de fouilles, alla jusqu'à reconstituer certaines machines de guerre romaines. Faut-il s'étonner, dès lors, qu'il formât le rêve de fixer, une fois pour toutes, l'emplacement d'Alésia ? Plusieurs sites se trouvaient en lice, mais l'arbitrage impérial n'eut vraiment à s'exercer qu'entre deux communes aux noms évocateurs : Alaise en Franche-Comté, Alise en Bourgogne. Cette dernière l'emporta, sur les conseils de la Commission et de son président, Coignart de Saulcy.

Précisons qu'une vieille tradition plaidait en faveur du mont Auxois. Les érudits locaux, à l'appui de leur revendication, pouvaient même exciper d'un document millénaire : en effet, dans une ode du IXe siècle célébrant Alise, le moine Éric d'Auxerre avait clairement évoqué le fameux siège. Que le brave homme ait lui-même fourni la preuve de son ignorance, en qualifiant Alésia, dès le premier vers, de *Caesaris fatalis castris* – « fatale aux armées de César » n'avait jamais dérangé personne ; et les Bourguignons s'étaient redit, de siècle en siècle, qu'Alise valait pour Alésia.

Un signe encourageant survint à point nommé, en 1839, quand des fouilles précoces, d'initiative locale, mirent au jour une table de marbre portant, en caractères latins – mais en langue celte –, la dédicace d'un

1. Napoléon III, *Histoire de Jules César* ; tome II : *Guerre des Gaules*, Imprimerie impériale, 1866.

certain Martialis au dieu Ucuetis. Sur cette inscription lapidaire, la plus longue que l'on connaisse dans cette langue, apparaît lisiblement le nom de la cité : *Alisiia* – ainsi orthographié.

Comment le « *e* long » d'*Alesia* se serait-il mué en « *i* » pour former ce nom d'*Alisiia* ? L'histoire ne le dit pas…

Les épigraphistes ne manquèrent pas non plus d'objecter que ces noms de lieux construits sur la racine **fels-* signifiant « falaise » avaient été portés par d'innombrables coteaux, et que dès lors la table de Martialis ne permettait nullement de situer l'Alésia des Mandubiens… On ne les écouta que d'une oreille distraite, et l'on vit dans le cher vestige plus qu'un indice : un commencement de preuve.

Ainsi l'idée finit-elle par s'ancrer que le paisible mamelon auxois avait jadis accueilli le Grand Affrontement.

Ce ne sont pas les fouilles ordonnées par Napoléon III qui allaient bousculer cette opinion. Ouvertes dès le printemps 1861 sous l'égide de la fameuse Commission, elles firent soudain sortir de terre des merveilles dignes de conforter leur commanditaire.

En vérité, avant même l'arrivée des fouilleurs, les ouvriers d'une ferme voisine avaient découvert « une sorte de paquet enveloppé d'une lame de cuivre et contenant des armes de bronze », notamment deux haches, ainsi que dix-sept pointes assimilées, aussitôt, à des fers de javelot romains – alors même qu'elles étaient en bronze et visiblement étrangères à la conquête… Saulcy passa outre ; mais pas les érudits locaux. Ainsi le chartiste Castan et le polytechnicien Bial en appelèrent-ils à la prudence des savants ; ils constateraient bientôt que les premiers fossés mis au jour ne correspondaient en rien à ceux décrits par César, et s'évertueraient, dès lors, à dénoncer « la mise en scène archéologique d'Alise-Sainte-Reine » !

On n'avait encore rien vu.

Car la Commission fut bientôt remplacée : dès l'automne 1862, c'est l'officier d'artillerie Stoffel qui fut dépêché sur le terrain par l'empereur. « Stoffel, devait estimer le professeur Joël Le Gall, n'avait été qu'un archéologue improvisé ; on savait qu'il avait été très ambitieux, très soucieux de faire sa cour. » Et c'est peu dire qu'il la fit ardemment, bien qu'il passât plus de temps à se distraire, à Dijon et Semur, qu'à fouiller le sol d'Alise…

Il est vrai que son collaborateur, le tout jeune Victor Pernet, œuvrait pour deux. Ses travaux, orientés d'emblée vers la recherche de vestiges césariens, se concentrèrent pour l'essentiel sur les zones périphériques, et n'abordèrent quasiment pas le plateau même du mont Auxois. Des *Notes*[1] laissées par Pernet signalent que, dans le seul secteur compris entre l'Oze, petit cours d'eau au nord de l'*oppidum*, et le sud du mont Réa, ses fouilles auraient mis à jour « des ossements humains, en particulier des crânes d'hommes et aussi une quantité considérable d'ossements de chevaux, d'armes, d'armures… Sans compter de nombreuses pièces de monnaie romaines et gauloises : en un mot tous objets provenant d'une bataille, perdus pendant l'action, tombés dans ces fossés pleins d'eau ».

Quel dommage que les armes ainsi exhumées – dont une collection prodigieuse de deux cent vingt-sept javelots si l'on en croit le jeune homme – n'aient jamais été présentées au public… Elles sont demeurées,

1. Victor Pernet, « Notes sur Alise et ses environs », in *Pro Alésia*, nº 1, juillet 1906.

invisibles, mystérieuses, au sein de caisses entreposées dans les caves du musée des Antiquités nationales, à Saint-Germain-en-Laye.

Elles y dorment toujours.

L'afflux trop ponctuel de ce mobilier trop idoine ne pouvait qu'alerter les sceptiques. Il a fait dire à l'un des ouvriers des fouilles de Stoffel : « J'ai vu, au pied du Réa, la découverte des fameuses armes qui sont à Saint-Germain. Je suis descendu dans le fossé pour les ramasser ; je les prenais par brassées. On aurait juré qu'on les avait mises là exprès. »

Les monnaies aussi surgirent à pleines poignées, comme semées à dessein par des combattants couverts d'espèces… trébuchantes. « Trucages », devait estimer, en 1967, le grand archéologue Piganiol ; « tripatouillages », jugerait de son côté Jean-Baptiste Colbert de Beaulieu, le plus grand expert de la numismatique gauloise.

Assez piteusement, au reste, les chefs-d'œuvre exhumés par Stoffel et ses acolytes allaient rejoindre, un à un, la longue série des supercheries archéologiques : le statère de Vercingétorix, monnaie d'or brandie jadis comme preuve irréfutable ? Acheté en vente publique, à Drouot, le 6 mai 1867 ! Le canthare d'argent, ou vase à boire, trophée mis au jour par un dénommé *Lapipe* et installé par Napoléon III dans son propre cabinet ? En fait un bel objet d'époque impériale et qui eût été bien en peine d'orner la moindre libation républicaine…

D'innombrables voix s'élevèrent, dès le second Empire, pour dénoncer les manipulations à l'œuvre du côté d'Alise-Sainte-Reine. Et le grand Jules Quicherat lui-même, fondateur en France de l'archéologie scientifique, se révolta contre l'entêtement du prince et la complaisance de ses sbires ; il est vrai que c'était pour défendre la thèse d'Alaise, en Franche-Comté.

De tant de fraudes originelles, faut-il conclure à l'imposture générale, et réfuter la localisation bourguignonne au seul motif d'irrégularités commises il y a un siècle et demi ? Ce serait, me semble-t-il, faire peu de cas des travaux considérables menés, au début et à la fin du XXe siècle, par des archéologues sérieux, ceux-là, libres des contraintes qui avaient autrefois pesé sur le travail de Stoffel.

Aussi la sagesse veut-elle, aujourd'hui, qu'on ne s'arrête pas à la farce impériale, et que l'on considère posément les travaux accomplis depuis lors.

LA PLUME ET LA PIOCHE

Fouillé presque sans interruption depuis 1906, le mont Auxois a livré d'importants vestiges gallo-romains, éléments d'une agglomération secondaire, avec forum, temples, basilique, curie, théâtre…

Question fondamentale pour ce qui nous occupe : cette cité de type impérial a-t-elle été construite sur la base d'un ancien *oppidum* gaulois ? La réponse est positive, indiscutablement.

Les vestiges du sanctuaire d'Ucuetis (auquel était dédiée la table de Martialis) et de Bergusia, les traces d'un temple voué à Moritasgus, à l'est de l'*oppidum*, l'empreinte – encore mal étudiée – d'un ancien culte à Taranis, dieu celtique du tonnerre, témoignent de cette implantation préalable.

Pour autant, la plupart des vestiges alisiens qui nous sont parvenus relèvent, et c'est normal, d'occupations plus tardives. Le professeur Joël Le Gall, dans son ouvrage *Alésia, archéologie et histoire*[1], retrace magistralement le destin de cette place forte. Il nous la décrit assiégée en 21 de notre ère par le général romain Silius ; il nous la montre en butte à la colère de Septime Sévère qui la détruit en 196-197. Reconstruite au premier tiers du IIIe siècle, il nous la dépeint assiégée de plus belle, avant d'être à nouveau détruite, probablement, en 257 puis 275. Que de sièges, décidément, que d'assauts menés contre cet *oppidum* !

Comment s'étonner, après cela, du foisonnement de vestiges militaires présents dans cette zone ?

Dès lors, une interrogation s'impose : comment distinguer les traces laissées par le siège conduit par César, en 52 avant Jésus-Christ, de celles imputables aux sièges suivants – à commencer par celui de Silius, soixante-treize années plus tard ? Réponse : en se référant aux textes.

C'est ici que la plume prend le pas sur la pioche.

Comparons donc la topographie du mont Auxois à la description proposée par les *Commentaires*, et qui nous est à présent familière. Peut-on considérer le plateau calcaire lui-même comme « le sommet d'une colline » ? Peut-être – même si, constatant une dénivellation inférieure à cent cinquante mètres, on ne peut s'empêcher de trouver ce promontoire assez modeste… Dans la vallée coulent bien deux cours d'eau, eux aussi fort ténus : l'Oze au nord, l'Ozerain au sud, qui de nos jours font songer plus à des ruisseaux qu'à des rivières. Distants du plateau de plus de trois cents mètres, ils sont loin, de surcroît, d'en lécher les racines ! Est-il possible qu'ils

1. Joël Le Gall, *Alésia, archéologie et histoire*, Fayard, 1963.

aient été plus gros alors, au point de mériter le nom de *flumina* ? Peut-être. Peut-être pas… Quant aux « hauteurs environnantes » dont parle César, on a voulu les identifier aux reliefs de Flavigny, au sud, de Pennevelle si proche, au sud-est, de Bussy au nord-est, du mont Réa au nord-ouest, entre autres éminences. Sont-ils séparés du promontoire central par « un faible espace » ? Sûrement pas, puisqu'ils s'en écartent de plusieurs centaines de mètres au minimum !

Quant à la « surface plane » de quatre kilomètres et demi, ici une plaine pure et simple, elle ne s'étend aucunement « en avant de l'*oppidum* » – le site d'Alise n'étant pas orienté – mais bien en largeur, plein ouest : c'est la plaine des Laumes.

Faut-il ajouter que le relief au nord, si important pour la suite des opérations, n'existe pas vraiment aux environs d'Alise, sauf à l'identifier au mont Réa, disposé en fait au nord-ouest de l'*oppidum*, et moins élevé que lui ?

On n'insistera pas non plus sur l'absence, dans un rayon de soixante kilomètres, de toute plaine susceptible d'avoir accueilli le premier engagement de cavalerie ; et l'on évitera de revenir sur l'appartenance évidente du mont Auxois au pays des Éduens – assez loin, qui plus est, des confins jurassiens… Il est vrai que le grand historien Carcopino, bien ennuyé par cette discordance, était allé jusqu'à imaginer, en plein territoire éduen, une colonie de « Séquanes de l'ouest » (*sic*) !

Sérieusement, autant l'admettre : c'est un casse-tête que de faire entrer l'action relatée par César dans ce cadre distinct en tout point de celui posé par les *Commentaires*.

LE SITE DU MONT AUXOIS

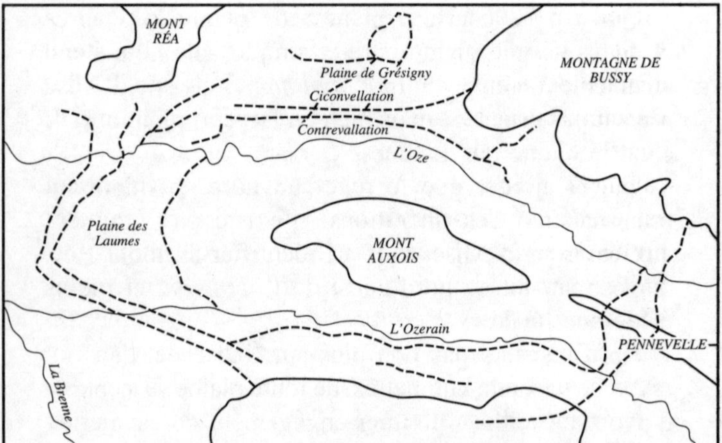

Ce n'est pas tout : ces flottements théoriques se doublent d'un véritable malaise, dès lors que l'on essaie d'appréhender le site auxois sous un angle pratique. En effet, il suffit de visualiser les troupes gauloises massées sur le modeste *oppidum* d'Alise, pour toucher du doigt les limites d'une localisation décidément problématique.

Au mont Auxois, la superficie du plateau est de quatre-vingt-dix-sept hectares, pour un périmètre d'environ quatre mille cinq cents mètres.

Si l'on cantonne la ville forte à la moitié occidentale de ce plateau, sa surface ne dépassera pas les cinquante hectares. Or, ce ne sont pas moins de quatre-vingt mille fantassins et douze à quinze mille cavaliers – avec leurs montures – que Vercingétorix est censé avoir logés dans ce petit espace – encore limité du reste par des constructions. Soit au bas mot mille huit cents hommes à l'hectare, auxquels doivent s'ajouter quelques dizaines de milliers de Mandubiens indigènes ! Et l'on ne parle ni des quinze mille chevaux, ni des vingt à trente mille têtes de bétail destinées à nourrir l'armée gauloise…

Sauf à imaginer cette population serrée pendant un mois et demi comme autant de sardines en boîte, et pataugeant dans plusieurs centimètres de fange, il est tout bonnement insensé d'envisager un tel rassemblement dans un tel lieu. Même en admettant, suivant le texte de César, qu'« au pied du rempart, tout le flanc oriental de la colline était occupé par les troupes gauloises », on ne saurait descendre en deçà d'une densité humaine – rien qu'humaine – de près de mille individus à l'hectare, ce qui est quatre fois supérieur aux limites tolérées dans toute armée, à toute époque.

Le lieutenant-colonel Paul-René Machin, spécialiste des aspects logistiques, s'est penché, dans un ouvrage[1] paru en 1997, sur les questions soulevées par cette disproportion ; il conclut à l'impossibilité d'un pareil entassement. « Il est clair, estime-t-il, à l'étude et à la raison, qu'une telle situation ne peut matériellement exister nulle part. »

Et l'eau ? demande-t-il. Où trouver, chaque jour, le bon million de litres indispensable à la survie d'une si nombreuse population humaine et animale ? Car on sait, aujourd'hui, que sans source accessible, les modestes puits du mont Auxois suffiraient à peine à satisfaire aux besoins quotidiens de quelques centaines d'habitants…

Et le bois ? « Où les assiégés sont-ils allés chercher les masses de bois nécessaires » à la cuisson des aliments, au renforcement des défenses, à la constitution des flèches, des javelots, des fascines, des fagots, des passerelles même dont les *Commentaires* sont pleins ?

Inutile de préciser que toutes ces questions n'ont trouvé, à ce jour, aucune réponse satisfaisante.

Cela n'empêche nullement les experts accrédités de se féliciter, sans état d'âme, du bilan hautement probant des fouilles achevées en 1997. « Le faisceau d'indices, la mise en série des arguments, leur complémentarité, constituent un phénomène tout à fait impressionnant, extrêmement rare en archéologie,

1. Paul-René Machin, *À la recherche d'Alésia, suivons César…*, Erti, 1997.

s'enthousiasme ainsi Michel Reddé, coresponsable de cette campagne, dans son bel album[1] sur Alésia. Nous sommes en effet autour d'un *oppidum* gaulois, occupé à La Tène finale, et qui s'appelait « Alisiia » ; dont les défenses, par un *murus gallicus*, commencent à être connues archéologiquement. Ce site est entouré par une série de collines, de même hauteur que l'*oppidum*, sur lesquelles sont installés d'incontestables camps romains, bien signés par des ouvrages caractéristiques ; ce dispositif est complété par deux lignes fortifiées, l'une édifiée pour bloquer toute sortie depuis l'*oppidum*, l'autre tournée vers un adversaire venant de l'extérieur. Devant l'*oppidum*, à l'ouest, une grande plaine, dont les dimensions correspondent parfaitement à la description de César. Vers le nord, une colline, il est vrai incomplètement connue. Tous ces ouvrages livrent un matériel romain, celtique et même germanique, bien datable autour du milieu du Ier siècle avant notre ère, des amphores de cette période, un corpus numismatique impressionnant, avec des monnaies romaines dont la série s'arrête juste avant 52, des espèces arvernes, majoritaires au sein de la collection celtique, des balles de fronde au nom de Labiénus, principal lieutenant de César. »

Dès lors, Michel Reddé a beau reconnaître que « l'absolu, en ce domaine, n'existe pas » et qu'il « en va de l'archéologie comme de la physique des particules, dont les frontières reculent sans cesse », il n'en livre pas moins cette conclusion univoque : « Si un tel site, écrit-il, n'est pas l'Alésia césarienne, c'est vraiment que le hasard fait mal les choses, et qu'il faut renoncer à tout jamais à faire de l'archéologie. »

1. Michel Reddé, *op. cit.*

Vraiment ?

Sitôt publié, ce bilan allait faire l'objet d'un battage *urbi et orbi*. Hommes politiques et journalistes devaient enfourcher le même destrier, et présenter la localisation, sur le mont Auxois, de l'Alésia des Mandubiens comme une certitude ferme et définitive.

On l'aura compris, pourtant : rien n'est acquis à ce sujet. Tant il est vrai que toutes les proclamations du monde ne remplaceront jamais une bonne preuve, et qu'il faut bien plus qu'une conviction, même martelée, pour persuader un esprit exigeant. « Une erreur longuement répétée et présentée comme doctrine officielle est elle pour cela devenue vérité ? demandait André Wartelle, doyen de la faculté des lettres de l'Institut catholique de Paris. Depuis plus de cent ans que l'Université affirme que le siège d'Alésia a eu lieu à Alise-Sainte-Reine, d'où vient que des doutes de plus en plus nombreux ne cessent de s'élever contre cette affirmation mal fondée ? »

Il faudrait, pour adhérer au choix de Napoléon III, occulter trop d'incongruités.

Il faudrait, pour croire aux actuels discours officiels, faire fi de trop d'incohérences.

Surtout il faudrait, pour admettre une démonstration à ce point tirée par les cheveux, qu'il n'en existe pas de meilleure. Or, précisément, depuis plus de quarante ans, une autre solution s'est fait jour. Et c'est une solution autrement convaincante.

UN PORTRAIT-ROBOT

Je vous emmène à Constantine, en Algérie, au tout début des années 1960. Le directeur de la circonscription archéologique, correspondant de l'Institut pour l'archéologie, se nomme André Berthier. À titre privé, cet amoureux des textes anciens en est venu, par un concours de circonstances assez fortuit, à s'intéresser à la – déjà vieille – querelle sur la localisation d'Alésia. Or, soucieux de dépasser les conflits stériles, Berthier émet l'idée de procéder d'une manière nouvelle.

Tout d'abord, il prend le temps d'analyser, avec un regard neuf, les phrases mêmes du texte de référence. Car à force de vanter le style – admirable il est vrai – des *Commentaires* de Jules César, à force de souligner aussi la portée politique, et donc la dimension partiale, de leur message, on en était venu à minimiser peu ou prou l'intérêt documentaire des notations concrètes dont ils regorgent.

Berthier – c'est là son premier mérite – va donc faire le départ entre les faits eux-mêmes, enregistrés par César avec une précision toute militaire, et l'interprétation qu'il en donne parfois et qui, elle, demeure sujette à caution.

Le philologue a compris que les *Commentaires de la guerre des Gaules* ne sont pas avant tout un essai moral, et que leur auteur les a probablement destinés à un usage plus austère. Leur concision technique et factuelle, confinant souvent à la sécheresse, donnerait même à penser qu'ils visent à une forme d'objectivité. Certes, le proconsul manie l'omission utile et l'ellipse biaisée ; forcément il a eu à cœur de justifier sa conduite et de se faire valoir aux yeux du sénat romain ; bien sûr, il lui a fallu fournir à la postérité une version des faits pas trop défavorable… Mais, outre qu'il a publié cette relation de son vivant, sous le contrôle d'innombrables témoins, il apparaît – à la scruter sans *a priori* – qu'elle est moins destinée à des chroniqueurs ou à des sénateurs qu'aux successeurs mêmes du général, et qu'elle prétend avant tout tirer, de son expérience, un corpus de données opératoires.

D'où sa précision stupéfiante ; d'où, en fin de compte, sa fiabilité sur le terrain.

L'intuition, tellement simple, d'André Berthier aura été de l'admettre : hors de toute considération exégétique, on devait pouvoir prendre César au mot, à la lettre, et voir d'abord en ses *Commentaires* une réserve inépuisable d'indices. Après tout, le grand Schliemann, jadis, n'avait pas agi autrement lorsque, se fondant sur l'*Iliade*, il s'en était remis à Homère pour la découverte des ruines de Troie…

Latiniste émérite, Berthier reprend donc terme à terme le récit de César, le dépouille de toute interprétation parasitaire, en exprime la quintessence. Ligne après ligne, il recueille les indications topographiques distillées par le proconsul et, les traduisant dans un croquis de plus en plus précis, en vient à dessiner une sorte de plan coté ou – comme il devait le baptiser non sans humour – un « portrait-robot » du site d'Alésia.

À Constantine, où il réside toujours, l'archéologue se fait communiquer les cartes d'état-major de la France de l'Est – soit un terrain de jeu de cinq mètres de côté ! André Berthier identifie dans cet espace plus de deux cents hauteurs susceptibles d'accueillir un éventuel *oppidum* ; avec patience et minutie, il les compare, l'une après l'autre, à son portrait-robot.

En vain, d'abord. Il manque toujours quelque chose :

une rivière à celle-ci, à celle-là de hauts talus… Jusqu'au moment où, sidéré, le détective-archéologue met le doigt sur un promontoire, des collines, une plaine, des cours d'eau correspondant, trait pour trait, à la description de César ! Se pourrait-il… ?

Berthier superpose son portrait-robot à la carte d'état-major : la coïncidence est parfaite.

Surprise : ce lieu, identifié par déduction – et par déduction seulement – se révélera plus méridional, plus oriental aussi, surtout bien plus montagneux, qu'on n'aurait pu l'imaginer.

Étonnement : il se situe dans le haut Jura, au sud de Champagnole, entre les villages de Syam et de Chaux-des-Crotenay.

À quelque cent quarante kilomètres, à vol d'oiseau, au sud-est du mont Auxois !

RECOUPEMENTS

La méthode Berthier partant du texte pour remonter au site, on pouvait s'attendre à relever, sur le terrain, des correspondances inouïes. De fait, au lieu fixé, tout coïncide.

Une « surface plane, tout en longueur », de quatre kilomètres et demi (entre les Gîts de Syam et le village de Bourg-de-Sirod) – la plaine de trois mille pas, donc –, s'étend effectivement « en avant » d'un coteau, « lieu très élevé » puisqu'il domine la plaine de plus de deux cent cinquante mètres !

Un promontoire détaché forme une citadelle naturelle au-dessus du vide : cet *arx* dont parle César, et d'où rien n'échappera au coup d'œil affûté de Vercingétorix. Deux vraies rivières (la Saine et la Lemme) sont bien présentes à ses pieds, formant des gorges qui, littéralement, « baignent les racines de la colline sur deux des côtés ».

Les recoupements avec la description de Jules César sont nombreux ; et l'on aurait du mal, pour décrire le site, à trouver des termes plus appropriés que ceux choisis en son temps par le proconsul. N'est-il pas émouvant, du reste, de constater qu'après plus de deux mille ans, tout est demeuré en place et que – hormis sans doute des différences de boisement – rien, ici, n'a vraiment changé ?

César affirmait que « la ville proprement dite » se trouvait « au sommet d'une colline » ; de fait, à Chaux-des-Crotenay, subsistent, au centre du plateau – vaste triangle de mille hectares environ –, les vestiges d'une enceinte urbaine archaïque. Cette belle ceinture, longue de six kilomètres, devait enserrer une agglomération de quelque cent soixante hectares ; elle est réduite pour l'essentiel à ses assises inférieures et se constitue de blocs cyclopéens, gages d'une grande ancienneté. Faut-il en conclure qu'Alésia était déjà très vieille au temps de Vercingétorix ? C'est plus que probable, et confirme l'appréciation de Diodore de Sicile, qualifiant la ville des Mandubiens de « foyer religieux et métropole de toute la Celtique »...

Si l'on en croit Danielle Porte, disciple de Berthier et auteur d'*Alésia, citadelle jurassienne*[1], « une métropole intéressant pareille surface, et tant de peuples, ne pouvait être qu'une cité d'importance. Elle devait surtout receler des constructions religieuses, nombreuses et variées en âge comme en style, offrir des aires où recevoir des pèlerins, puisque l'idée d'un

1. Danielle Porte, *Alésia, citadelle jurassienne, la colline où soufflait l'esprit*, Cabédita, 2000.

foyer religieux appelle celle de rassemblements de peuples fils, revenant périodiquement réchauffer leurs traditions dans la ville mère de leur civilisation et de leurs croyances ». De ces édifices imposants mais sommaires, témoignent aujourd'hui, dans les bois de Cornu derrière le vieux mur, tous ces étranges vestiges de pierre qui, pour la plupart, remontent au moins à la protohistoire. Pour nous, autant de divinités muettes…

Jules César, découvrant les lieux d'en bas, estime aussitôt la place forte inexpugnable ; « de toute évidence, juge-t-il, elle ne pouvait être prise, si ce n'est par un siège ».

Rappelons que les Romains effectuent une retraite en règle, à grandes étapes, vers leur province ; si, dans ces conditions, le proconsul avait eu la moindre occasion d'esquiver la confrontation, le plus petit moyen de contourner l'obstacle gaulois, il n'aurait sûrement pas hésité. Seulement il s'est engagé dans une voie montagneuse, et a conduit ses légions dans cet étranglement – une sorte de nasse dont l'issue passe forcément par l'*oppidum*.

Autant dire que le général romain s'est laissé piéger par le chef gaulois, et que Vercingétorix a si bien manœuvré que son adversaire n'a plus le choix des armes. Le duel peut alors commencer. César va devoir se lancer dans de longs, de laborieux travaux de siège, et perdre en cela un temps précieux – le temps nécessaire aux autres chefs gaulois pour réunir l'immense armée qui viendra lui donner le coup de grâce.

Étranglement, fixation, compression…

Ce qui se dessine sous nos yeux, c'est l'admirable stratégie d'un Arverne que tout éloigne de l'image habituelle – celle d'un piètre capitaine, courant après l'événement dans un sauve-qui-peut général. Qu'on se le dise, dès lors : en Vercingétorix, César a rencontré, enfin, un adversaire à sa mesure ; et ce sont bien deux génies militaires qui vont s'affronter.

Il devient passionnant, sachant cela, de reprendre les *Commentaires* et, mettant notre nouveau site à l'épreuve, d'examiner de quelle manière, pour quelles conséquences, les épisodes qui s'enchaînent sous la dictée de César trouvent leur place dans le cadre de Syam et Chaux-des-Crotenay.

D'abord : est-ce qu'il existe vers le nord, à moins d'une demi-journée de marche, un espace pouvant faire office de plaine de cavalerie ? Oui : à une quinzaine de kilomètres, au nord nord-ouest, sur la voie antique de Poligny à Genève, s'étend la vaste plaine de Crotenay, cernée par la combe d'Ain. Souvenons-nous des trois données césariennes : un relief au nord, une éminence à l'ouest bordée par une rivière… Ce qui est aujourd'hui un terrain d'aviation se trouve bel et bien limité, au nord, par le relief de la forêt de l'Heute, dont on n'a aucune peine à imaginer qu'il ait pu barrer la vue de César au moment de l'offensive gauloise ; dans sa partie ouest s'élève effectivement la butte du Montsogeon, elle-même prise dans une boucle de l'Ain, aux rives duquel pouvaient se tenir, hors d'atteinte, les fantassins de Vercingétorix…

Faut-il aller, comme André Berthier, jusqu'à voir dans le beau tertre, fiché au cœur de cette plaine, la trace d'un immense bûcher ? La réponse appartient à l'archéologie.

LE PORTRAIT-ROBOT DE BERTHIER
ET LE SITE DE SYAM-CHAUX-DES-CROTENAY

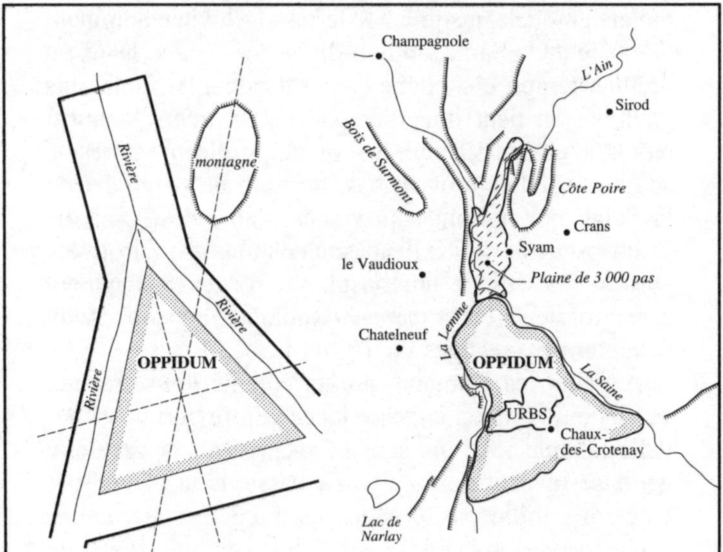

UN TRAVAIL DE ROMAINS

Sitôt à pied d'œuvre, César entreprend l'investissement de la place, sous les yeux des Gaulois retranchés.

Vercingétorix a massé ses troupes « au pied du rempart » de la ville, sur « tout le flanc oriental de la colline ». Un simple coup d'œil suffit, sur place, à situer les choses. Ce versant constitue, en effet, une zone propice, parcourue par une antique voie qui descend, par paliers graduels, jusqu'à une terrasse alluviale dominant la vallée de la Saine, au lieu-dit *le Pré Grillet*. Dans un premier temps, c'est donc là qu'attendent les fantassins gaulois ; on peut imaginer que les cavaliers, quant à eux – avec leurs douze ou quinze mille montures –, se sont installés tout en bas, au fond de ce goulet de la Saine qui prolonge au sud la plaine de Syam. Ils y disposent de toute l'eau souhaitable, et se trouvent abrités, nous dit le proconsul, par un fossé et par un mur grossier : cette *maceria* gauloise dont on devait exhumer des vestiges en 1971.

À peine les Romains ont-ils entamé leurs travaux de siège que Vercingétorix lance contre eux une nouvelle attaque : depuis son retranchement, la cavalerie gauloise investit donc la partie basse de la plaine dite « de trois mille pas ». Mais les auxiliaires germains, décidément imbattables, vont renverser une nouvelle fois la situation et, prenant l'ascendant sur les cavaliers gaulois, les poursuivre jusqu'à la *maceria.*

César se complaît à décrire la mêlée des vaincus, se bousculant pour rentrer dans leur camp… « Un trouble égal à celui des fuyards s'empare des Gaulois qui étaient derrière la muraille, nous dit la traduction officielle ; […] un certain nombre, pris de panique, se précipitent dans la ville. » Une fois de plus, cette version est influencée par la conformation du mont Auxois, constamment présente à l'esprit de Constans. Une traduction plus littérale conviendrait mieux au site jurassien ; elle donne : « Les Gaulois qui se trouvaient à l'intérieur de leur retranchement (*intra munitiones*) n'en sont pas moins troublés ; [...] quelques-uns, affolés, se précipitent dans la place forte (*in oppidum*). »

Ainsi n'est-ce pas derrière la vieille muraille (non défensive) de la ville sainte que se réfugient les fantassins les moins courageux, mais bien sur le sommet du coteau, fortifié quant à lui de manière naturelle.

À l'issue de cette ultime et vaine tentative, le chef gaulois va choisir d'utiliser autrement sa cavalerie. Les Romains, qui progressent depuis le nord, n'ayant pas encore eu le temps d'encercler tout à fait le vaste triangle de l'*oppidum*, il exfiltre de nuit, nécessairement par le sud de la ville, tous ses cavaliers. Ce sont autant de messagers, désormais, chargés de rameuter la plus grande armée gauloise possible. L'assemblée de Bibracte n'a-t-elle pas élu l'Arverne chef suprême ?

Ces formidables renforts, tant attendus par Vercingétorix, Jules César les qualifiera, dans son texte, d'« armée de secours » ; le terme est, à dessein, tendancieux, et l'on pourrait tout aussi bien parler d'armée de compression ; nous emploierons ici une traduction plus neutre et la qualifierons d'« armée de renfort ».

Pour l'heure, les quatre-vingt mille fantassins de Vercingétorix, retranchés sur l'*oppidum* d'Alésia, disposant de froment pour trente jours et d'un bétail nombreux réuni, pour eux, par les Mandubiens, semblent disposer du temps et de l'espace nécessaires... À tout prendre, ils paraissent moins en danger que les soixante-dix mille Romains du bas, forcés et contraints de tenir un siège alors qu'une armée de centaines de milliers de combattants féroces est en train de s'assembler pour venir les écraser !

Imperturbables en apparence, les légionnaires travaillent d'arrache-pied à leurs ouvrages. Progressant vers le sud en vue d'encercler l'*oppidum*, ils établissent une première ligne destinée à contenir les assiégés. C'est ce que l'on a pris l'habitude d'appeler – improprement du reste – la « contrevallation ».

Le texte de César évalue sa longueur à onze mille pas, soit seize kilomètres et demi. C'est, très exactement, la mesure que l'on obtient, à Chaux-des-Crotenay, si l'on fait le tour de l'*oppidum* au plus juste, avec une marge moyenne de cent mètres depuis le pied du coteau. Dans un ouvrage[1] très précis, Jacques Berger, ingénieur civil des Mines et successeur désigné d'André Berthier à la tête de l'association locale, a décrit point par point le tracé de la contrevallation.

J'aimerais souligner un aspect important de la question. Comme l'explique Jacques Berger, César n'a pas eu besoin de faire fortifier chacun de ces onze mille pas. À Syam et Chaux-des-Crotenay, la conformation accidentée d'un terrain semé de gorges et de falaises ne laissait que des zones relativement modestes à fortifier ; et c'est essentiellement vers le sud de la plaine de trois mille pas que le gros de l'effort a dû porter. Sans diminuer le mérite des légionnaires, cela permet de relativiser l'exploit de César.

Ce travail de Romains, on le connaît si bien – large

1. Jacques Berger, *Alésia – Chaux-des-Crotenay, pourquoi ?*, ALESIA, 2004.

fossé, zones piégées, petits fossés, talus (*agger*) et palissade –, on l'a tant et tant décrit qu'il ne paraît pas nécessaire de le reprendre ici ; ce serait amuser le lecteur, quand j'ai tant, par ailleurs, à lui révéler.

Jacques Berger nous fournit tous les éléments pour brosser – à grands traits – un état probable des forces romaines, entre les actuels villages de Syam et de Chaux-des-Crotenay.

Deux légions sont disposées sur des hauteurs au nord-est de l'*oppidum*, couvrant le col de la combe de Crans, de la côte Poire au bois des Chênes ; ce sont les camps nord dits « supérieur » et « inférieur », installés hors des lignes et placés sous les ordres des légats Réginus et Rébilus.

Deux ou trois autres légions, dont une commandée par le célèbre Marc-Antoine, sont déployées sur la plaine de trois mille pas, dont une en protection immédiate du camp de César, certainement installé sur une terrasse alluviale : l'esplanade de Syam.

Les six – ou sept – légions restantes sont réparties sur le pourtour de l'*oppidum*, du massif de la Liège, au nord-ouest, jusqu'aux Planches-en-Montagne au sud-est – la partie orientale du promontoire n'offrant quant à elle aucune prise.

Au surplus, tout le long de la contrevallation, réparties de manière irrégulière en fonction des accidents du terrain, le proconsul a disposé toute une série de zones fortifiées, les *castella*, dont les emplacements se devinent encore bien de nos jours. Jacques Berger en a repéré vingt et une ; César en mentionnait vingt-trois ; sans doute faut-il dès lors prendre en compte, en tant que *castella*, les deux fortifications intermédiaires verrouillant le dispositif, entre la Saine et le camp principal.

Ai-je besoin d'y insister ? Le plus grand danger, pour les Romains, vient alors du dehors. D'où la seconde ligne de défense – appelée « circonvallation » – dans laquelle César enferme ses légions et qui mesure, nous dit-il, quelque quatorze mille pas – soit vingt et un kilomètres.

Comme pour la contrevallation, la majeure partie de ce périmètre se trouve, à Syam, défendu naturellement, et les Romains vont se contenter – si l'on peut dire – d'en clore les parties dégagées, notamment dans la plaine de trois mille pas. Ainsi parés, les assiégeants attendront, avec autant de crainte que les assiégés peuvent y placer d'espoir, l'arrivée de l'impressionnante « armée de renfort » gauloise.

Or, celle-ci va mettre plus d'un mois à venir ! Autorisant César à peaufiner son ouvrage. Inquiétant beaucoup Vercingétorix, et l'amenant à expulser, non seulement de la ville, mais de l'*oppidum* entier, cette population mandubienne qui l'avait si bien accueilli… On peine, aujourd'hui, à se faire une idée de la dureté de ces siècles ; et les mentalités guerrières du monde antique nous échappent sans doute un peu par leur cruauté. Quoique…

STRATÉGIE OU TACTIQUE ?

Faut-il encore préciser, à ce stade, que le septième livre des *Commentaires* de César n'a pris tout son sens, pour des lecteurs attentifs, qu'à la lumière des découvertes d'André Berthier ?

Car si l'on retourne – pour un instant – à Alise-

Sainte-Reine, en Côte-d'Or, on sera frappé de constater, par exemple, qu'aucun des épisodes que nous venons d'évoquer n'y trouve clairement sa place. Ni l'assaut de cavalerie, ni le départ de nuit des messagers gaulois, ni même l'expulsion des Mandubiens n'acquièrent, sur le site bourguignon, le caractère de naturel et de quasi-nécessité qui imprègne ces épisodes, dès lors qu'on les resitue dans leur espace. Que dire au surplus de la morphologie du terrain sur le pourtour du mont Auxois, si ouverte, si plate même qu'elle eût demandé aux Romains la construction intégrale, pan par pan, d'une ligne défensive de trente-sept kilomètres et demi ? Soit environ un kilomètre d'ouvrage par jour !

Même un enfant cillerait devant de telles énormités.

Et cependant, c'est bien au site d'Alise que sont consacrés les fouilles archéologiques, les recherches universitaires, les crédits publics… C'est bien au mont Auxois que doit s'ouvrir, assez prochainement, un archéodrome national d'ampleur inégalée. Et le nom d'Alésia, en lettres capitales sur des panneaux routiers, c'est bien en Côte-d'Or qu'il faut aller le chercher…

Non seulement le site de Syam et Chaux-des-Crotenay ne bénéficie, à ce jour, d'aucun privilège de cet ordre, mais au contraire, les instances officielles ont tout imaginé, depuis près d'un demi-siècle, pour proscrire la moindre investigation dans ce coin de Jura. Si quelques sondages ponctuels – souvent encourageants – ont pu être accordés de manière verticale par des ministres intrigués par les idées d'André Berthier, aucun projet archéologique d'envergure n'y a jamais été permis.

Zone interdite, messieurs les esprits forts ; passez votre chemin !

Les services nationaux et locaux de la Culture, du

Patrimoine, de l'Archéologie, mais aussi de l'Éducation nationale, n'auront cessé, avec une remarquable constance, de conjuguer leurs efforts pour décourager les bonnes volontés et dissuader les talents susceptibles d'aider Berthier ou ses disciples. Quelques maîtres – à commencer par Pierre Grimal – ont apporté, certes, leur discret soutien à ces irréductibles ; cela n'a pas été suffisant.

Et pourtant ! C'est là que les choses, très certainement, se sont passées. C'est là que tout se met à faire sens… Mais revenons à l'action, revenons aux lieux !

L'armée de renfort, tellement attendue par les assiégés, tellement redoutée par les assiégeants, se profile enfin, par le nord.

Un certain Commios est à sa tête, avec d'autres chefs, dont Éporédorix – presque tous éduens, précisons-le d'emblée. Il y a là plus de deux cent quarante mille fantassins, huit mille cavaliers : une masse gigantesque de combattants, propre à terrifier n'importe quel adversaire. Jamais César, nous dit Plutarque, n'a été si près de sa fin. Vercingétorix, quant à lui, paraît sur le point de toucher au but : assurer pour longtemps l'indépendance gauloise à l'égard de Rome.

Le siège d'Alésia s'achemine vers sa fin ; la bataille d'Alésia va pouvoir commencer.

On a beaucoup débattu autour de Berthier – les fouilles, encore une fois, n'étant pas autorisées – du secteur occupé par l'armée de renfort. Claude Allard, qui a concentré ses recherches[1] sur la bataille proprement dite, pense pouvoir affirmer que les nouveaux venus

1. Claude Allard, cité par Jacques Berger, *op. cit.*

stationnaient au nord-ouest de la plaine de trois mille pas, sur des hauteurs actuellement occupées par la forêt de Sapois. Leur campement devait s'étendre assez loin vers le nord, jusqu'à cette « colline en retrait » dont parlent les *Commentaires*, et qui peut être identifiée au mont Rivel. Ainsi le gros des troupes se tenait-il probablement à l'emplacement de l'actuelle commune de Champagnole. Côté sud, le flanc le plus exposé de cette armée venait jouxter les légions de César, « à mille pas », soit mille cinq cents mètres ; c'est dire si le dispositif de la circonvallation revêt là toute son importance.

Le proconsul, en grand péril, paraît, une fois de plus, faire montre d'un surprenant sang-froid dans l'épreuve. Sent-il qu'au fond, cette « armée de secours » ne lui veut guère de mal ? A-t-il, pendant ses dix semaines d'inaction chez les Lingons, passé de secrets accords avec un certain nombre de chefs éduens ? Il est impossible de l'affirmer. Mais il n'en reste pas moins étrange qu'à la stratégie brillante, imparable sur plans, de Vercingétorix, Jules César n'ait jamais songé à opposer que le sérieux et la rigueur d'une tactique somme toute assez routinière.

Un aspect méconnu de cette tactique – et qui va jouer un rôle décisif – a été mis au jour, sur place, en 1995. Il s'agit d'un réseau de sentiers protégés dessinant, entre les deux lignes, des voies de communication extrêmement efficaces, jetées autour de l'*oppidum*. Grâce à cet aménagement, des légionnaires situés au plus loin d'un point en danger pouvaient y affluer, sur ordre, en un temps record. Ingénieux, sans doute… Mais on parle bien de tactique, en l'occurrence, et non de stratégie.

LA BATAILLE D'ALÉSIA

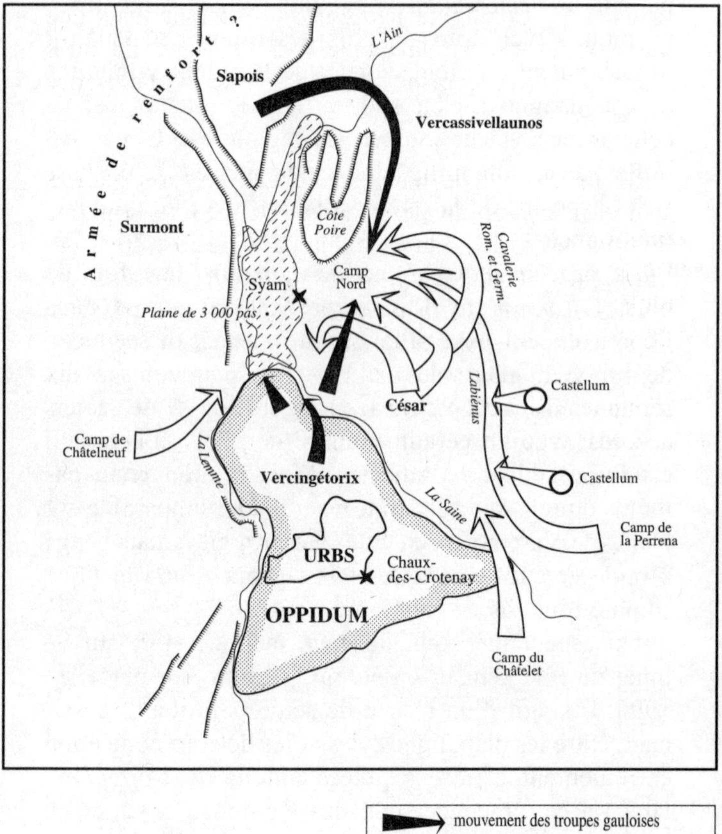

Car la stratégie, dans le Grand Affrontement, c'est du côté de Vercingétorix qu'il faut la chercher. Le jeune Arverne n'a-t-il pas tendu un véritable piège aux Romains ? Ayant fixé les légions de César dans une impasse fermée par la citadelle d'Alésia, voilà qu'il s'apprête à les écraser sous la masse d'une armée convoquée par ses soins.

Le lendemain de leur arrivée, les renforts gaulois font donner leur cavalerie, qui remplit toute la plaine de trois mille pas – du moins la partie laissée libre par l'assiégeant. L'infanterie, pour sa part, vient se répandre sur les falaises qui la dominent. Quant aux assiégés, ils se sont eux-mêmes portés en avant de l'*oppidum*, depuis la citadelle, au sommet du promontoire, jusqu'aux terrasses du *Pré Grillet*, à ses pieds.

César a mis ses légionnaires en ordre de combat ; chacun à son poste sur les deux lignes de retranchement, pour une veille d'armes qu'on peut se figurer tendue… C'est dans ce véritable cirque maxime, sous les yeux de spectateurs des deux camps hurlant leurs encouragements depuis les hauteurs, que se déroule un nouveau combat de cavalerie qui, une fois de plus – laissez-moi redire ce que César doit à ses auxiliaires du Rhin – va tourner à l'avantage des Romains. Les assiégés, écœurés, se réfugient alors sur l'*oppidum* et préparent les claies, les échelles, les passerelles qui faciliteront leur assaut prochain.

Ils n'auront guère plus de vingt-quatre heures à attendre.

En pleine nuit, le soir suivant, deux groupes de fantassins issus de l'armée de renfort s'attaquent aux retranchements de la plaine. Leurs clameurs de combattants gaulois alertent aussitôt Vercingétorix qui, réveillant les siens, ordonne une sortie en masse. De part et d'autre, les pertes seront lourdes, mais ni les Gaulois de renfort, ni les Gaulois assiégés – dépourvus entre eux de coordination – ne parviendront à percer les remarquables défenses des Romains. Au point du jour, force leur est de constater un nouvel échec ; les uns et les autres n'ont plus qu'à se retirer…

La nuit suivante, l'Arverne Vercassivellaunos, cousin de Vercingétorix, se voit confier un effectif de soixante mille hommes d'élite – à moins qu'il n'ait lui-même soustrait ces volontaires à l'apathie générale de l'armée de renfort… Encore une fois : personne n'a relaté les événements du point de vue gaulois.

Habilement renseigné par des éclaireurs, Vercassivellaunos mène sa petite armée, par un mouvement tournant, jusqu'à une position protégée, au nord même du camp nord – il est possible de l'identifier à l'actuel lieu-dit de *Lent*. Il cache alors ses guerriers et les met au repos jusqu'à midi. Était-ce l'heure fixée pour une attaque gauloise généralisée ? Personne ne le saura jamais.

Toujours est-il qu'à la mi-journée, les hommes de Vercassivellaunos, submergeant les postes avancés romains, fondent sur la côte Poire et la combe de Crans. Au même moment, Vercingétorix et les assiégés tentent une nouvelle sortie. Combat décisif : on s'écharpe partout à la fois. César, « depuis un bon observatoire », s'efforce de distribuer les renforts aux points qu'il voit faiblir. Notamment il envoie Labiénus, avec six cohortes fraîches, soutenir un camp nord en grande difficulté.

Nul doute qu'à ce moment, si la masse formidable

de l'armée de renfort se mettait en mouvement, les Romains seraient laminés.

Seulement cette masse-là va rester inerte.

Aucune attaque, nul soutien. Pas le moindre mouvement !

Aussi extraordinaire que cela paraisse, la gigantesque armée gauloise va se mettre, d'elle-même, hors de combat à l'heure où tout bascule.

Ses chefs seront allés au bout de leur trahison.

Vercingétorix, comprenant bien tard la situation, voit s'écrouler d'un coup son rêve. Avec l'énergie du désespoir, il tente néanmoins de rejoindre à son tour le secteur crucial des camps romains supérieurs. Ne pouvant forcer les fortifications de la plaine, il va ordonner à ses hommes d'escalader les « pentes escarpées » (*loca praerupta*) servant de contrevallation naturelle ! Alors Jules César, se lançant à son tour dans la mêlée, entraîne à sa suite quatre nouvelles cohortes, ainsi que la cavalerie, vers cette combe de Crans où tout se joue. Il est, une nouvelle fois, bien près d'échouer quand Labiénus, ne désespérant pas de contenir la poussée des Gaulois, lui apporte trente-neuf cohortes neuves, « qu'il eut la chance de pouvoir tirer des postes voisins ».

Trente-neuf cohortes : quasiment quatre légions ! Mais d'où Labiénus les sort-il ?

Longtemps, les historiens ont regardé ce chiffre comme une exagération indigne de César. Aujourd'hui, cet effectif ahurissant, nous sommes en mesure de le considérer comme exact ; et c'est ici que la conformation de l'Alésia jurassienne apporte – seule – une clé inespérée quant à l'issue du combat. Car ces renforts, César n'a pu les tirer du néant : pour les obtenir – et les obtenir à temps –, il aura fallu la vertu des fameuses voies de circulation rapides, patiemment établies, depuis un mois et plus, autour de l'*oppidum*.

Et c'est ainsi que César, contre toute attente, va l'emporter *in extremis*. Comme l'écrira le général d'armée Clément Blanc (lui aussi favorable à Chaux) : « Dans cette tragique confrontation entre deux volontés, qui restera un des drames les plus mémorables de l'histoire du monde, c'est en définitive le Tacticien qui a battu le Stratège, tant il est vrai que la stratégie la meilleure ne peut arriver à un bon résultat, si la tactique fait défaut. » Mais plus encore que la tactique, ce sont ses propres alliés qui auront fait défaut au jeune Arverne, à l'heure fatidique.

De sorte qu'au moment où parvient à Vercingétorix la confirmation de sa déroute, l'armée gauloise de renfort s'est déjà retirée sans combattre.

Depuis longtemps, la trahison des chefs éduens a été avancée comme raison principale de l'échec de l'Arverne. Seulement voilà : c'était une chose que de refuser son assistance à un chef en difficulté, appelant à la rescousse une armée improvisée ; c'en est une autre que de trahir un engagement de longue date, et de faire, sciemment, échouer un plan mûri de concert. Aussi, en nous amenant à rendre justice à la valeur militaire de Vercingétorix et de ses conseillers, le scénario de Syam et Chaux-des-Crotenay rend-il plus choquante encore l'attitude des artisans délibérés de la défaite gauloise.

Rome vient, une fois de plus, de l'emporter ; la civilisation romaine est en passe de s'imposer à tout le Vieux Monde – mais à quel prix ?

On sait quel rude sort est alors réservé aux chefs infortunés. Vercingétorix est livré sur-le-champ à Jules César qui, aussitôt, va le faire mettre aux fers. Il ornera, six ans plus tard, le triomphe romain du dictateur, avant d'être étranglé, sans témoin, dans les cachots du Tullianum… On s'attarde généralement moins sur le sort, pourtant tout aussi rude, réservé à la « métropole de toute la Celtique » : brûlée, rasée, promise au néant.

Disparue sans laisser de traces… Oubliée pendant dix-neuf siècles – puis soudain tirée du néant, *manu militari*, par la volonté d'un empereur moderne. En vérité cette localisation arbitraire, décidée de bonne foi sans doute, mais trop hâtivement, n'aura guère entraîné que de fâcheuses conséquences.

On aura d'abord perdu l'intelligence des choses, à force de déformer l'événement pour le faire entrer dans un cadre trop étroit pour lui ; on aura ensuite occulté gravement, et pour longtemps, le sens d'un conflit pourtant essentiel, avec ce que cela suppose d'incompréhension et de malentendus quant aux origines de notre histoire.

Enfin, et surtout, on aura privé des générations de la richesse d'un site qui, s'il était fouillé comme il le mérite, livrerait, à n'en pas douter, des trésors archéologiques inouïs.

Car au-delà des vestiges contingents du siège et de la bataille, s'il est vrai que cette Alésia fut bien la ville sainte des Gaules – et tout porte à le penser en effet – alors, c'est un grand, c'est un terrible scandale que de laisser croupir ses fabuleux vestiges, au nom d'on ne sait quel aveuglement, dans l'abandon le plus total. C'est une grande, c'est une terrible responsabilité que prennent les autorités compétentes – est-ce bien le nom qu'il faut leur donner ? – en refusant de protéger, au moins par classement, des vestiges majeurs livrés à tous les périls.

« Que feraient de leurs châteaux de cartes effondrés les bâtisseurs de thèses détrompés ? » demandait un jour Paul-René Machin. Suggestion : une belle matière à réflexion, une bonne raison de se montrer plus humble à l'avenir…

Est-il raisonnable d'imaginer que malgré la fermeture d'esprit, la mauvaise foi et l'incurie coupables qu'elles ont manifestées hier, les autorités culturelles et administratives accepteront demain que soient étudiés – librement – des lieux découverts et repeuplés par la sagacité d'un chercheur indépendant ? Cela semble utopique ; ce n'est pas impossible pour autant. Car au-delà des éternels blocages inventés par les gens en place au secours de certaines positions établies, il est une chose que rien ne saurait arrêter durablement, à l'instar de l'eau quand elle veut s'infiltrer quelque part – je veux parler de la force irrésistible de l'évidence.

*

Formons un vœu : que des fouilles ambitieuses et méthodiques soient, le plus tôt possible, ouvertes à Syam et à Chaux-des-Crotenay !

II

Gosselin Lenôtre – « pape de la petite histoire » –, Frédéric Masson, Octave Aubry… Plus près de nous Henri Guillemin, Philippe Erlanger ou André Castelot… Et puis Alain Decaux, bien sûr, qui est toujours des nôtres et que je salue chaleureusement. Les grands auteurs de l'« histoire-chronique » sont des maîtres pour moi, des exemples auxquels je me réfère volontiers et qui me guident dans mon approche du passé.

Si Philippe Erlanger occupe une place à part sur cet autel domestique, c'est parce que tout, dans ses travaux, me paraît digne d'éloges : la précision, la clarté, l'élégance évidemment, mais aussi la justesse, et ce goût salutaire pour une vision décalée de ce que d'autres, avant lui, observaient sous le même angle fatigué.

Vision souvent féconde…

Les lumières d'Erlanger sur les pulsions cachées de Mary Stuart, ses révélations sidérantes sur l'assassinat d'Henri IV, auront illuminé ma jeunesse. Je me suis complu à disséquer grâce à lui les psychismes retors d'un Richelieu ou d'un Charles Quint… Et à tout prendre, je me dis que deux pleines années de séminaires à l'École des hautes études en sciences sociales m'auront procuré moins d'émotions intellectuelles qu'un seul chapitre – pris au hasard – de sa prose limpide quoique savante.

Par un singulier hasard, sa biographie majeure de Charles VII avait échappé à ma prédilection. Et c'est un grand documentaliste – qui fut aussi un ami cher – qui me l'a mise sous les yeux. Tardivement.

« Tu devrais lire ce qu'Erlanger écrit de Yolande d'Aragon », m'avait conseillé Laurent Le Chatelier, tout en me remettant l'un de ces dossiers merveilleux dont il avait le secret. « Je suis persuadé qu'il a raison dans ce qu'il avance – comme souvent ! »

Cette dernière phrase pourrait s'appliquer du reste à Laurent lui-même, trop tôt disparu – ce livre lui est dédié.

J'aurais aimé, au cours de ma propre enquête, trouver un continuateur aux efforts d'Erlanger, dénicher un chercheur stimulé par sa découverte. Le fait est que je n'en ai découvert aucun. Certes, Jean-Yves Laurent-Lefèvre a bâti naguère un roman épistolaire sur ces thèses ; évidemment, la récente biographie consacrée par Gérard de Senneville à la reine de Sicile leur doit aussi beaucoup ; mais de travaux poussés sur les soutiens occultes de Jeanne d'Arc, point.

Faut-il voir, dans cette désaffection, un effet de la croisade menée, au début des années soixante-dix, par Régine Pernoud en personne contre la mémoire de la reine Yolande ? Il est toujours triste de voir un grand esprit se perdre dans une mauvaise querelle, employant son intelligence à des fins dévoyées. Et ce n'est pas, je crois, faire injure à la mémoire de Mlle Pernoud que d'affirmer qu'elle a – une fois n'est pas coutume – rendu un mauvais service à la vérité historique en escamotant, de volonté délibérée, un pan déterminant de l'épopée de Jeanne d'Arc.

AU-DESSUS DE JEANNE

> De plus en plus le public veut des explications et ce serait, je crois, décourager la curiosité assez neuve qu'il manifeste ardemment pour l'histoire que de se retrancher sur des positions trop bien fortifiées contre la discussion.
>
> Philippe Erlanger

Cela commence comme un conte fantastique. « *Il était une fois une bergère lorraine, pauvre et illettrée, appelée Jeanne d'Arc et qui, conseillée par des voix célestes, s'en alla "bouter l'Anglais hors de France".* »

Un beau conte, vraiment, mais qui forcément se cantonne aux limites du genre. Car pour peu que l'on reprenne cette phrase mot à mot, on n'y trouvera pas moins de sept contre-vérités.

1. Jeanne n'était sûrement pas une bergère ; elle affirmera d'ailleurs elle-même, lors de son procès à Rouen, n'avoir jamais gardé les animaux du village.

2. Elle n'était pas originaire de la Lorraine mais du Barrois, ce qui – nous le verrons – n'est pas sans conséquences.

3. L'appellation « Jeanne d'Arc » est tardive. Au XVe siècle, le nom de la famille s'écrivait plutôt « Dart ». Quant à Jeanne, on l'appelait plus volontiers « Jeannette » ou « la Pucelle », du latin *puella*, la jeune fille.

4. Pauvre, Jeannette ? Qu'il soit permis d'en douter : son père était le doyen de Domrémy ; ce qui veut dire qu'il faisait notamment office de percepteur…

5. Illettrée ? Mais c'est elle qui, toujours à son procès, demandera qu'on lui remette certaines questions par écrit, et se proposera d'y répondre de même !

6. Ce ne sont pas des voix qu'elle a plusieurs fois décrites, mais bien des visions – et spectaculaires encore.

7. Le dernier Anglais quittera le royaume des lys quarante-cinq ans seulement après la condamnation de Jeanne ; au demeurant, « bouter l'Anglais » n'entrait même pas dans les buts qu'elle s'était donnés.

J'admets volontiers qu'en guise d'entrée en matière, ce petit jeu des sept erreurs puisse passer pour une provocation ; loin de moi cette intention, pourtant. En accumulant ainsi les idées fausses à propos de Jeanne, je voulais seulement souligner la dimension mythologique de son épopée. Tant il est vrai que les milliers de pages consacrées à la sainte patronne de la France n'ont fait que multiplier les méprises. On chercherait en vain une figure ayant, plus que celle de Jeanne, inspiré toutes les fables, suscité toutes les fantaisies.

C'est ainsi : la vie entière de l'héroïne nationale, de sa naissance à sa mort et au-delà, se trouve pavée d'énigmes.

Sa naissance ? Il ne manque pas d'érudits, aujourd'hui encore, pour soutenir avec feu que la Pucelle était bâtarde de sang royal. Sa mort ? Un serpent de mer ressurgit depuis quelque temps, remettant en cause la mort de Jeanne sur le bûcher, au printemps 1431. Or ces deux thèses, argumentées à défaut d'être démontrables, ne sont que les plus saillantes d'une série sans fin – l'une d'elles allant jusqu'à voir en Jeanne un personnage de sexe masculin ! Avouerai-je que de telles conjectures me laissent perplexe ? Sur ce chapitre, je préfère me cantonner à l'élucidation d'un mystère aux conséquences infiniment plus lourdes : celui de l'apparition de Jeanne sur la scène de l'histoire. Énigme inouïe que cette sortie du néant d'une héroïne tout armée, d'emblée couronnée de son auréole.

Comment ! Voilà une jeune fille anonyme, sans formation connue, dépourvue d'appuis déclarés, libre de toute expérience politique et qui, par la seule vertu d'une piété incandescente et communicative, parviendrait à soulever tout un peuple et à sauver du gouffre un vieux royaume à l'agonie ?

Mais quelle disproportion entre les moyens – ridicules – et les résultats – colossaux !

Ce sera pour moi un motif éternel d'étonnement que la facilité avec laquelle des générations de Français, si prompts par ailleurs à dénoncer partout l'irrationnel, auront gobé cette fable pour le moins fantastique. « Serais-je donc le seul, me suis-je longtemps demandé, le seul à ouvrir des yeux exorbités devant cette belle histoire à dormir debout ? »

Il était une fois une bergère lorraine...

L'image de la Pucelle se présentant à Chinon, seule et démunie, devant le dauphin Charles et sa cour, nous en rappelle évidemment une autre, plus récente mais presque aussi marquante dans son dépouillement : l'atterrissage à Londres, en juin 1940, d'un Charles de Gaulle ne disposant lui aussi que de sa foi inébranlable dans la France éternelle… Seulement le général de Gaulle était membre du gouvernement sortant ; il avait déjà rencontré Churchill ; il disposait en France de relais solides…

L'élue de Domrémy, elle, ne pouvait se targuer

d'aucun soutien ou presque. C'est en tout cas ce qu'on nous apprend à l'école.

LE « ROYAUME DE BOURGES »

Les contresens sur Jeanne d'Arc seraient déjà moins nombreux si l'on prenait la peine, avant de se plonger dans son épopée, de s'informer un peu du contexte politique et stratégique qui l'a vue naître.

Nous sommes alors en des temps façonnés par le « honteux » traité de Troyes, conclu en 1420. Pourquoi honteux ? Parce qu'il opérait d'autorité un transfert de la souveraineté française, la couronne devant passer, à la mort du roi de France Charles VI – réputé fou –, sur la tête du roi d'Angleterre Henry V ! Ironie du sort : Henry, en 1422, viendrait à mourir quelques semaines avant Charles… Et l'enfant-roi Henry VI – sous la tutelle du duc de Bedford – aurait beau se laisser couronner, en Notre-Dame de Paris, « roi d'Angleterre et de France », son autorité ne dépasserait pas la portion du territoire occupée par ses troupes… Tout le sud du pays allait rester plus ou moins fidèle au fils survivant de Charles VI – ce dauphin Charles qu'on n'ose encore appeler le roi Charles VII.

À quoi ressemble donc, en 1428, ce qu'il reste du vieux royaume ?

À un pays tronqué, déchiré, morcelé, écartelé entre les deux couronnes – le puissant duc de Bourgogne, de son côté, s'alliant alternativement avec l'une et l'autre. « Les Anglais occupent la Normandie, la région parisienne, Calais et la Guyenne, résume Alain Demurger[1] ;

1. Alain Demurger, « Temps de crises, temps d'espoirs », in *Nouvelle Histoire de la France médiévale*, Éditions du Seuil, 1990.

les Bourguignons tiennent, outre la Bourgogne et la Flandre, la Champagne et la Picardie ; tous les pays du sud de la Loire, l'Orléanais, l'Anjou, le Maine et une partie du Chartrain reconnaissent le dauphin. Rien n'est figé cependant : le Mont-Saint-Michel a résisté jusqu'au bout aux Anglais ; des bandes delphinales conservent quelques places en Picardie et en Champagne. »

Le problème, avec le dauphin Charles, c'est qu'il doute affreusement de sa légitimité. Il a du reste de bonnes raisons pour cela. Sa propre mère, la reine Isabeau, ne l'a-t-elle pas laissé qualifier, dans le traité de Troyes justement, de « soi-disant dauphin de Viennois » ?

Aussi bien ce malheureux Charles, précise Jean Favier[1], « laisse sa belle-mère Yolande d'Aragon dominer la cour ». Il est vrai que le dauphin est encore « un jeune homme falot, hésitant, troublé par sa propre histoire. Il doute de lui-même ». Autour de lui, « les favoris se succèdent pour faire une politique sans cohérence. [...] La cour de Chinon ou de Loches tourne au champ clos, où les intrigues font et défont les faveurs, cependant qu'à Bourges les maîtres des comptes et à Poitiers les conseillers du Parlement tentent de faire leur métier comme s'ils étaient à Paris. Quant à l'armée de ce "roi de Bourges", elle est tiraillée entre dix capitaines dont aucun ne se montre capable d'imposer une unité de commandement ».

Dans sa belle synthèse sur *La Guerre de Cent Ans*[2], Georges Minois brosse lui aussi un tableau effarant de

1. Jean Favier, *Le Temps des principautés*, Fayard, 1984.
2. Georges Minois, *La Guerre de Cent Ans. Naissance de deux nations*, Perrin, 2008.

la situation de l'héritier de la couronne de France, vers le milieu de la décennie. Au conseil, écrit-il, « le nouvel homme fort est Georges de La Trémoille, qui entoure [le dauphin] de ses créatures. [...] Cette équipe a tout intérêt au maintien du *statu quo* : l'anarchie régnante permet à ces hommes de se livrer à tous les trafics, de détourner des richesses considérables, de contrôler l'esprit d'un souverain qui semble complètement dépassé par la situation et qui se réfugie dans ses châteaux avec ses maîtresses. Pour les hommes au pouvoir, il est important d'éviter la victoire de l'un ou l'autre des camps ; il faut prolonger la guerre, source de tous les profits et qui les rend indispensables, mais ne jamais lancer d'opérations décisives ».

Minois le formule clairement : « Le prolongement du conflit doit beaucoup à ces pêcheurs en eau trouble. »

Finalement, la seule qui, auprès du dauphin, défende encore sincèrement ce qu'il reste du royaume de France est sa marraine et belle-mère, cette Yolande d'Aragon, reine de Sicile, que Charles appelle sa *bonne mère*. À quoi tient cette belle loyauté ? Disons franchement qu'il y va, pour Yolande et sa famille, d'intérêts vitaux. Chef de la maison d'Anjou, la vieille souveraine a vu les Anglais envahir un à un ses domaines et se rapprocher de sa plus belle ville, Angers. Elle redoute à présent la phase ultime du plan des Anglais, mise au point par Bedford lui-même : prendre Orléans, s'ouvrir la route de Bourges, contraindre le dauphin à l'exil et récupérer, dès lors, les riches territoires des bords de la Loire – à commencer par l'Anjou.

Ce « scénario catastrophe » a de quoi effrayer la *bonne mère* ; car s'il venait à réussir, c'est l'autorité, la puissance, la richesse des siens qui s'effondreraient d'un coup – une autorité, une richesse, une puissance dont elle se sait comptable.

Yolande d'Aragon n'a donc pas le choix : elle va devoir, seule, se dresser face aux Anglais. Il est vrai que tout l'y dispose. Le chroniqueur Jouvenel des Ursins[1] nous la décrit sous « les traits d'un caractère espagnol, douée d'un cœur intrépide et d'un esprit élevé ». Elle possède, à l'en croire, « une décision remarquable et commande l'obéissance par l'autorité de ses manières ». Elle qui a tôt soustrait le dauphin à l'influence pernicieuse de sa mère, la reine Isabeau, elle qui l'a élevé comme un fils et lui a donné sa propre fille, Marie d'Anjou, pour épouse, comment l'accepterait-elle impuissant face au péril, et soumis aux intrigues de coteries vendues à l'ennemi ?

C'est entendu : envers et contre tous, Yolande organisera la résistance.

« Seule la reine de Sicile était encore animée par une volonté de résistance, écrit son récent biographe, Gérard de Senneville[2]. Ne jamais se laisser abattre, ne jamais renoncer, toujours revenir à la charge, c'était un des traits les plus frappants de son caractère. » Du reste l'Aragonaise, même isolée au sein du conseil, demeure puissante. En juin 1425, le dauphin a ordonné à ses sujets de lui « obéir par le moyen de la reine de Sicile ». Mieux : en septembre 1428, les États généraux, convoqués à l'instigation de Yolande, vont jusqu'à prier Charles de confier aux mains de sa *bonne mère* « la pratique de la sûreté » du royaume.

1. Jean Jouvenel des Ursins, *Histoire de Charles VI, roi de France*, Mairet et Fournier, 1841.

2. Gérard de Senneville, *Yolande d'Aragon, la reine qui a gagné la guerre de Cent Ans*, Perrin, 2008.

Le mois suivant – octobre 1428 –, on apprend à la cour que trois à quatre mille Anglais se sont massés devant Orléans pour y mettre le siège. Cette fois, le plan de Bedford entre en application ; il convient de contrecarrer l'offensive au plus vite. Certes les Orléanais, sacrifiant les faubourgs, ont su organiser leur défense ; la ville est moins assiégée que simplement cernée, et le cordon anglais ne l'isole pas vraiment de l'extérieur. Il n'en est pas moins urgent de lui porter secours.

Encore faudrait-il que s'en manifeste, à Chinon, la volonté politique ! Encore faudrait-il que conseillers et chefs de guerre se mobilisent autour du dauphin ! Cela supposerait que ce pauvre Charles puisse inspirer une once de respect à son entourage – et pour ce faire, qu'il se respecte déjà lui-même…

Aux yeux de Yolande d'Aragon, le péril est grand : le Mont-Saint-Michel serait sur le point de tomber, et le conseil, à la demande de La Trémoille, envisage sérieusement l'hypothèse d'un repli de la cour à Grenoble ! Il est plus que temps de susciter les ardeurs, de les fédérer, de les galvaniser. Comme jamais, la souveraine est en quête d'un symbole, d'un point de ralliement auquel ancrer des énergies désorientées…

C'est dans ce contexte que va surgir la figure providentielle – une héroïne annoncée depuis longtemps.

Car il est important de le souligner : le peuple attend depuis des années l'arrivée d'une vierge censée sauver le royaume. Deux prophéties, entre autres, courent de ville en village. La première, due semble-t-il à Merlin, l'a prédit : « une vierge venant du bois chenu chevauchera contre le dos des archers »… La seconde, formulée par Marie-Robine, ressassée partout et sans relâche en ces temps délétères, affirme que « le royaume, perdu par une femme, sera sauvé par une vierge ». Tout désigne la reine Isabeau dans la femme de perdition ; quant à la vierge providentielle, les sujets de Charles, en chœur, voudront la reconnaître sous les traits de Jeanne.

Ces oracles vont jouer un rôle de poids dans l'accueil réservé à la Pucelle. C'est ainsi : le XIVe et le XVe sont siècles de prophètes... Constance de Rabastens, Jeanne-Marie de Maillé, l'écuyer de Bassigny, Jean de Gand, etc., se font fort d'éclairer leurs contemporains... Sans doute faut-il compter Jeanne d'Arc à leur nombre – à cette nuance près que, dans son cas, c'est la prophétesse en personne qui va venir accomplir elle-même sa prédiction !

IL ÉTAIT UNE FOIS UNE BERGÈRE

Dès le début, l'épopée de Jeanne paraît tissée d'heureuses coïncidences.

N'est-il pas inouï, pour commencer, que la jeune fille soit justement originaire du Barrois, autant dire un des rares territoires orientaux qui aient échappé à l'occupation anglo-bourguignonne ? La demeure de sa famille étant sise dans la partie nord du village de Domrémy, elle relève de surcroît de la châtellenie de Vaucouleurs, qui appartient en propre à l'héritier du duché, René d'Anjou – le propre fils de Yolande d'Aragon. Mieux encore : le capitaine en charge de Vaucouleurs, Robert de Baudricourt, a pour beau-frère Louis de Beauvau, sénéchal et bras droit de l'Aragonaise !

Il était une fois une bergère...

C'est donc ce Baudricourt que vient trouver Jeannette, par un beau matin du printemps 1428. Le jeudi 13 mai, pour être précis. Elle se présente à lui comme investie d'une parole, portée par un grand dessein. Afin de s'absenter du foyer parental, elle a prétexté une visite à sa cousine enceinte de Burey-le-Petit – à mi-chemin sur la route de Vaucouleurs. Parvenue à Burey, Jeanne a convaincu le mari de cette cousine, Durand Laxart, de l'accompagner jusqu'à la place forte ; ils y logeront tous deux chez Henri et Catherine Le Royer, en attendant d'être reçus par le capitaine de Baudricourt.

Détail important : si l'on en croit une pièce majeure du procès en nullité – cette tardive enquête visant à réhabiliter la Pucelle –, la première rencontre entre Robert et Jeanne a eu lieu en présence d'un grand témoin : le chevalier Bertrand de Poulengy. Âgé de trente-sept ans à l'époque, c'est un ami de René d'Anjou et un intime de Gobert Thiebault, lui-même très proche de Yolande d'Aragon. Comment s'étonner, dès lors, que Yolande et René aient pu être informés de l'irruption à Vaucouleurs de cette petite vierge exaltée ?

Poulengy la décrira comme une jeune paysanne venant « de la part de son Seigneur, pour qu'on mandât au dauphin de tenir bon et de ne pas engager la bataille contre ses ennemis, car son Seigneur lui apporterait un secours avant la Mi-Carême ». Le capitaine lui ayant demandé qui était ce fameux Seigneur, elle répond : « le roi du Ciel ».

Lors de cette première entrevue, la Pucelle n'en échoue pas moins à convaincre Baudricourt. Méchamment raillée, peut-être morigénée, elle s'en retournera comme elle était venue, « vers la maison de son père ». Aux côtés de Durand Laxart…

Quel âge peut-elle avoir, alors ? Officiellement, seize ans. En fait, un document inattendu tendrait à nous la révéler plus mûre : car en cette même année 1428, Jeanne ayant intenté, devant l'officialité de Toul, un procès en annulation de fiançailles, il apparaît qu'elle y aurait, seule, assuré sa défense. Seule ? Mais alors il fallait qu'elle fût majeure au regard de la coutume du Barrois et qu'elle eût donc vingt ans révolus…

Robert de Baudricourt a, de son côté, de plus graves sujets de préoccupation : la trêve entre le dauphin Charles et le duc de Bourgogne n'ayant pas été reconduite au printemps 1428, les hostilités reprennent dès l'été de cette même année. Les incursions anglo-bourguignonnes vont se multiplier dans cette enclave encore fidèle à Charles et à sa *bonne mère*. Le sieur de Vergy, gouverneur de la Champagne pour le comte de Henry, est même chargé par Bedford d'attaquer Vaucouleurs ! Après quelques semaines de siège, son défenseur sera contraint d'accepter une « reddition différée » – pratique habituelle à l'époque, et visant à épargner des vies. Par un tel acte, Baudricourt va s'engager, à défaut de secours reçus avant l'été 1429, à remettre la place entre les mains de Vergy.

Celui-ci ne tarde pas à s'éloigner avec ses troupes, non sans avoir, au passage, mis les environs à feu et à sang – notamment Domrémy. Les habitants, comme ils en ont pris l'habitude, se sont réfugiés à Neufchâteau, chef-lieu du baillage. À leur retour, ils trouveront le bourg dévasté par les gens de guerre ; sacrilège : l'église a même été brûlée. C'est un constat traumatisant pour Jeannette.

On a prétendu que la jeune fille, durant cet exil estival aussi forcé que bref, aurait été affiliée au tiers ordre de saint François – si impliqué par ailleurs dans l'affirmation de la monarchie française. Rien ne permet de le prouver, même s'il est plausible que Jeanne ait eu, à Neufchâteau, un franciscain pour confesseur de fortune. Lui aura-t-elle confié ses visions ? En aura-t-il fait confidence en haut lieu ? Ce sont là de simples conjectures, auxquelles je préfère l'hypothèse selon laquelle c'est Poulengy lui-même, mieux placé pour le faire, qui aurait parlé de la Pucelle à René d'Anjou.

N'oublions pas, quoi qu'il en soit, que les communications sont très lentes, à l'époque.

Si lentes même qu'à la fin de l'année, lorsque Jeanne, décidément obstinée, reprend le chemin de Vaucouleurs, l'accueil du capitaine est toujours aussi froid qu'au printemps, sinon plus. Le même Laxart – sa femme vient d'accoucher – a donc conduit la même Jeanne chez le même Baudricourt qui cette fois se montre nerveux, semble-t-il, et même excédé. Jeanne manifestant le souhait impérieux de voler « en France » à la rencontre du dauphin, Robert conseille à Durand de la ramener sans ménagement chez son père. En fait de quoi, après un court repli à Burey, Jeanne viendra se réinstaller dans la place, chez ses amis Le Royer.

C'est probablement lors de ce troisième séjour à Vaucouleurs que la jeune fille fait la rencontre – par le plus grand des hasards… – du sire Jean de Novelompont (ou Nouillonpont), dit Jean de Metz, âgé de vingt-sept ans. Assez lié à Baudricourt, il est par ailleurs, lui aussi, fort introduit auprès de René d'Anjou. Jeanne va le supplier de la conduire à Chinon jusqu'au dauphin ; or le jeune écuyer, ébranlé peut-être par sa fougue, et « lui touchant la main en signe de foi », va faire le serment de lui donner bientôt satisfaction. Seulement Jeanne est pressée ; elle veut partir au plus vite : « Plutôt aujourd'hui que demain, dit-elle, et plutôt demain que plus tard. »

Cette rencontre marque un point d'inflexion dans notre épopée. Il semble bien, en effet, qu'elle fixe le début de cet étrange concours d'attentions dont va bénéficier la Pucelle.

D'abord – nous le tenons du témoignage de Catherine Le Royer au procès en nullité –, le capitaine Robert va lui rendre visite à domicile, accompagné d'un prêtre chargé de l'exorciser. Ensuite, les habitants de Vaucouleurs se cotiseront pour lui fournir un cheval et une tenue de cavalier. Enfin, Jeanne sera conduite par Jean de Metz, non pas à Chinon comme elle le réclamait, mais à Nancy, où résident le duc Charles de Lorraine – ce qui trompe encore certains historiens – mais aussi, par intermittence, son gendre René d'Anjou… Or on sait que, venant de Saint-Michel, René va résider à Nancy, cet hiver-là, en même temps que la Pucelle. Du reste, ce n'est pas un écuyer de Charles de Lorraine qui vient accueillir Jeanne et Jean de Metz à Toul, mais bien un homme de René d'Anjou : Jean de Dieulouard en personne.

Il était une fois une bergère…

À Nancy, Jeanne est censée se pencher sur la santé du vieux Charles – elle qui n'a jamais revendiqué le moindre don de guérisseuse… En vérité, elle passe beaucoup de temps avec le jeune René qui va – autre source de perplexité pour les tenants de la version « bergère inspirée » – tester ses talents de cavalière et de combattante en lui faisant « rompre des lances » ! Qu'une jeune femme officiellement inexpérimentée ait pu ainsi jouter en lice, armée comme un chevalier, donne une idée de son expérience réelle, et pose de lourdes questions qu'il ne nous appartient pas de démêler ici. Cela prouve en tout cas que Jeanne n'était sûrement pas la novice qu'on ne cesse de nous présenter.

Il faut croire que le bon René d'Anjou n'a pas été déçu par ce qu'il a vu et entendu à Nancy. En tout cas Jeanne, dès son retour, trouve à Vaucouleurs un messager royal – appointé comme chevaucheur de l'écurie du dauphin : Jean Colet de Vienne.

À qui fera-t-on croire qu'un tel agent patientait chez Baudricourt par le simple fait du hasard ? Et qui soutiendra qu'il n'est porteur d'aucun message en provenance de Chinon ? Si tel était le cas, alors il faudrait que l'audace du capitaine soit bien grande ; car au matin du 12 février de cet an de grâce 1429, se met en branle une petite troupe menée par le fameux Colet de Vienne et comprenant, outre Jeanne elle-même, son frère Pierre et deux serviteurs, l'écuyer Jean de Metz, le chevalier Bertrand de Poulengy… et puis un certain Jean de Dieulouard, revenu de Nancy aux côtés de la Pucelle.

La destination de cette modeste caravane ? Chinon, bien sûr !

Le petit groupe va parcourir, en seulement huit jours, quelque cent cinquante lieues – six cents de nos kilomètres –, pour la plus grosse part en territoire ennemi. C'est dire l'importance vitale de l'expérience et du savoir d'un Colet de Vienne. Cheminant surtout de nuit à travers ces contrées hostiles, contournant les villes autant que possible et, franchissant pas moins de six cours d'eau, Jeanne et les siens atteignent Gien sans encombre ; c'est là qu'ils passent la Loire pour se retrouver – enfin – en terre amie.

De Fierbois, à quelques lieues de Chinon, la « bergère » adresse alors au « gentil » Charles, pour annoncer son arrivée, une lettre qui jette un grand émoi dans le Conseil. La Trémoille et les siens, évidemment, flairent le piège politique ; se défiant plus que jamais de la *bonne mère*, ils s'opposent à l'accueil de cette fille qui ne peut qu'apparaître comme sa protégée. Mais Gérard Machet, confesseur du dauphin, tout dévoué à Yolande, va emporter le morceau : Charles recevra bien Jeanne !

Précisons qu'en France, la situation est plus tendue que jamais. Les nouvelles d'Orléans sont calamiteuses : le 12 février – alors même que le petit groupe quittait Vaucouleurs –, la bataille dite « des Harengs » a vu les hommes du dauphin s'incliner devant les Anglais, donnant le signal, sur place, d'une véritable débandade. Or – coïncidence incroyable –, tandis que Jeanne et les siens cheminaient dans l'obscurité, la nouvelle se propageait déjà, dans Orléans assiégée, qu'une fille de Dieu, une vierge, accouait des Marches de Lorraine au secours de la ville !

Dunois lui-même s'était cru autorisé à en avertir les habitants.

Plusieurs écrits datés, signés Morosini, ministre de la république de Venise, ou encore Giovanni Corvini, de Milan, vont dans le même sens ; eux aussi se font l'écho de la grande nouvelle embrasant les terres du dauphin Charles : une « bergère lorraine » doit prochainement surgir du néant pour sauver la couronne de Saint Louis ! On l'attend ; on la loue bien avant qu'elle n'ait franchi les portes de Chinon.

Qui se charge d'une telle propagande ? Qui, dans l'ombre, en orchestre le concert ? Confrontés à ces questions, la plupart des historiens se contentent de hausser les épaules.

En attendant, c'est peu dire que la Pucelle fait à Chinon une entrée remarquée. Le 23 février, après onze jours de chevauchée, c'est sous les acclamations de la foule que Jeanne s'installe chez la veuve du magistrat Gustave de Cougny – lui aussi lié à la maison d'Anjou –, dans une demeure sise au carrefour du Grand-Carrois, c'est-à-dire au pied du château. On y préparera l'audience avec soin, en présence du conseiller Gobert Thiebault – l'homme de confiance de Machet, tellement lié à Poulengy… Comment s'étonner dans ces conditions que, le moment venu, la jeune Barroise sache faire la révérence comme une dame de la cour ? Du reste, Jeanne ne se rendra pas seule au château pour l'entrevue tant attendue. Privilège extraordinaire : elle y sera conduite par le grand maître de l'hôtel du roi : le comte de Vendôme en personne – encore un allié de Yolande.

Si l'on reprend, dès lors, les circonstances qui ont arraché Jeanne au destin peu enviable des prophétesses sans lendemain et que, retraçant les faits et leur enchaînement, l'on met au jour les forces à l'œuvre dans son aventure, il apparaît que la Pucelle, loin d'être isolée, s'est toujours trouvée entourée et même guidée. Elle aura été soutenue sans relâche, de Vaucouleurs jusqu'à Chinon – et, au-delà, jusqu'à Reims…

Et l'on en vient à se dire que la puissance mystérieuse qui, sur sa route, écartait les obstacles comme la mer Rouge devant les Hébreux, cette puissance n'était peut-être pas seulement divine. De bout en bout, un nom, murmuré, susurré, revient à tous les détours de ce chemin de gloire – un nom que l'histoire a choisi de passer sous silence.

La puissance est celle de la maison d'Anjou. Le nom, celui de Yolande d'Aragon.

Comme l'observe savamment Gérard de Senneville, certains historiens avaient – assez tôt – su mettre au jour le rôle souterrain de la reine de Sicile dans cette opération. Le génial – mais si partial – Jules Michelet alla même jusqu'à subodorer quelque collusion… Il écrit ainsi, au tome V de sa célèbre *Histoire de France*[1] : « Je croirais volontiers que le capitaine Baudricourt consulta le roi, et que sa belle-mère, la reine Yolande d'Anjou (*sic*), s'entendit avec le duc de Lorraine sur le parti qu'on pouvait tirer de cette fille. Elle fut encouragée au départ par le duc, et à son arrivée accueillie par la reine Yolande. » Mais après cette mise en train alléchante, Michelet – comme souvent – passe outre…

Quinze ans plus tard, cependant – en 1875 exactement –, l'érudit Albert Lecoy de La Marche va creuser un peu la question dans un ouvrage sur le bon roi René[2]. Suivant moins les intuitions de Michelet que les observations plus concrètes de Vallet de Viriville, biographe de Charles VII, il y avance que « c'est dans son rôle auprès du Dauphin que la figure d'Yolande se révèle dans tout son éclat. Ce mélange de tendresse et d'autorité qui fait le fond de son caractère et de ses rapports avec son fils adoptif, a été compris avec beaucoup de bonheur par M. Vallet, souligne-t-il. Il suffirait de réunir les traits épars dans son *Histoire de Charles VII* pour reconstituer une physionomie des plus attachantes, dont le charme est augmenté par le

1. Jules Michelet, *Histoire de France*, tome V, Chamerot, 1861 – réédité en 2008 par les Éditions des Équateurs.

2. Albert Lecoy de La Marche, *Le Roi René, sa vie, son administration, ses travaux artistiques et littéraires*, Firmin-Didot, 1875.

mystère même qui la recouvre ». Réflexion assez fine, et que Lecoy pousse encore. « Car l'intervention de la reine de Sicile n'eut jamais rien d'officiel, reconnaît-il, et elle se cache encore aujourd'hui dans une pénombre où la critique seule peut aller la découvrir. »

Suit une assez remarquable esquisse du rôle de la *bonne mère* dans l'épopée johannique elle-même. « La reine de Sicile fut une des premières à patronner [Jeanne] auprès de son gendre ; son amour maternel, sa piété, son patriotisme l'avertissaient qu'elle apportait la victoire. Appelée à prononcer sur la vertu de la jeune fille, et chargée, avec deux autres dames, de l'examen de sa personne, elle fit au conseil royal un rapport où elle proclamait hautement son honnêteté, révoquée en doute par la malveillance. » Et l'érudit angevin de rendre hommage à l'effacement, à l'abnégation même de la reine de Sicile dans cette affaire : « Après avoir mis le comble à ses services en faisant reconnaître Jeanne pour une envoyée du ciel, poursuit-il, elle abdiqua, pour ainsi dire, entre ses mains. Devant la force divine, la force humaine se retirait avec respect : la puissante reine ne devait plus être que l'auxiliaire empressée de l'humble bergère. » Il y a bien quelque irénisme dans ces dernières lignes, et l'on peut aujourd'hui sourire d'un tel mélange de hardiesse et de candeur.

Le constat n'en est pas moins lucide : « Lorsque la Pucelle marcha sur Orléans, assène ainsi Lecoy de La Marche, elle y fut précédée par un convoi destiné à ravitailler les assiégés : ce fut Yolande qui l'expédia de Blois. Elle engagea même, pour en couvrir les frais, sa vaisselle précieuse, comme elle avait fait en d'autres occasions, car elle acheva de se ruiner pour la défense du royaume. »

Je rappelle que nous sommes en 1875 !

Las, l'analyse tourne court lorsqu'on aborde la période difficile… « Pendant la glorieuse campagne qui suivit et le drame lamentable qui termina la carrière de Jeanne, conclut l'érudit, [Yolande] paraît s'être occupée de l'administration et de la défense de son duché d'Anjou. » Pas d'abandon délibéré, donc, aucun grief à adresser à la *bonne mère* : elle était simplement occupée ailleurs !

En fin de compte – et malgré un nouveau frémissement sous la plume toujours fine de Pierre Champion –, il faudra attendre 1933 pour qu'une femme, Jehanne d'Orliac[1], ose, non sans lyrisme, ouvertement rendre justice à la reine de Sicile. Encore son ouvrage, par trop romanesque, n'échappera-t-il pas à d'acerbes critiques… De sorte que c'est bien à Philippe Erlanger que revient le mérite d'avoir, le premier, exposé clairement et sûrement le rôle assumé par Yolande d'Aragon dans l'aventure de Jeanne d'Arc. Il formula sa vision des faits dans un ouvrage intitulé *Charles VII et son mystère*[2].

Cette vision, la voici.

Jeanne, conseillée ou non par un confesseur, demande à son parent Durand Laxart de la conduire chez Baudricourt, afin de lui faire part d'une prophétie qu'elle a reçu. Celui-ci, peut-être *via* Bertrand de Poulengy, informe alors René d'Anjou et, partant, Yolande d'Aragon elle-même des visions de cette jeune Barroise. La souveraine comprend aussitôt le parti qu'elle pourrait, dans ces temps de crise, tirer d'une aussi jeune et hardie

1. Jehanne d'Orliac, *Yolande d'Anjou, la reine des quatre royaumes*, Plon, 1933.

2. Réédité par Perrin en 2001, sous le titre malencontreusement tronqué de *Charles VII.*

prophétesse. « Jeanne, se dit-elle, pourrait être celle dont le royaume a besoin ; elle pourrait provoquer un sursaut au sein du Conseil, un élan dans la population… » Alors elle demande à son fils d'envoyer sur place l'écuyer Jean de Metz qui, favorablement impressionné, suggère à Baudricourt d'emmener Jeanne à Nancy pour une entrevue personnelle avec René d'Anjou. Puis c'est ce dernier qui, définitivement convaincu par la Pucelle, propose à sa mère d'envoyer à Baudricourt l'ordre et le moyen d'acheminer cette jeune inspirée jusqu'à Chinon – d'où la présence de Colet de Vienne auprès du capitaine, lors du retour de Jeanne à Vaucouleurs.

La thèse de Philippe Erlanger possède, entre autres, le mérite de la cohérence. Cela tient largement au fait qu'elle procède avant tout de l'observation des faits. L'irremplaçable observation des faits.

« Comment ne pas remarquer, écrit son auteur, qu'un demi-siècle durant les artisans de la victoire française furent, à de rares exceptions près, des alliés, des vassaux, des serviteurs ou des élèves de la reine de Sicile ? » Partant de ce constat tout simple, Erlanger va s'appliquer à suivre le fil ténu parcourant les sources de ce temps. « À travers les actes, les dépêches diplomatiques, les correspondances multiples et principalement les lettres aux bonnes villes, court, parfois invisible, un fil conducteur. Ce fil porte un nom, la maison d'Anjou. Qu'on le saisisse, qu'on le tienne fermement sans le laisser échapper dans le chaos des guerres ou des négociations, et tout s'enchaîne, tout se coordonne, chaque élément du gigantesque puzzle trouve sa place logique, obligatoire. »

Dès lors, et comme le redira, en écho, Gérard de Senneville : « L'observation, étape après étape, du parcours de Jeanne va faire apparaître à tout instant la main de l'organisatrice : des amis aux bons endroits, des soutiens aux moments opportuns, des complicités bien placées, des difficultés aplanies, des problèmes d'intendance résolus. »

Une telle clé de lecture permet de restituer aux événements le caractère de logique qui, sans elle, leur faisait cruellement défaut. Revisités sous ce jour, ils deviennent pleinement intelligibles ; et même la fameuse entrevue de Chinon, si brumeuse d'habitude, tellement magique, se révèle désormais lumineuse et naturelle.

Jeanne, nous apprend le chroniqueur Jean Chartier, y fend une foule de « deux ou trois cents gens de cour ». Affluence inexplicable pour une simple bergère ! En revanche, s'il s'agit de découvrir enfin la prophétesse élue par Yolande, et annoncée à cor et à cri comme la probable sauveuse de la couronne – alors oui, l'on comprend qu'il y ait foule.

Tout le monde connaît la scène : le dauphin a cédé son siège à l'un des jeunes seigneurs de son entourage ; or Jeanne ne s'y trompe pas. C'est d'emblée vers lui qu'elle se dirige. Serait-elle, non seulement guidée d'en haut, mais carrément investie de pouvoirs surnaturels ? La question se pose moins si la visiteuse est accompagnée, introduite, présentée à Charles par le comte de Vendôme en personne – autant dire le maître du protocole !

On raconte qu'ensuite le dauphin, s'étant retiré un moment avec Jeanne dans une embrasure, va ressortir de là transfiguré – pour un temps – et comme libéré du poids de ses doutes. Les incertitudes pesant sur sa légitimité paraîtront, à compter de ce jour, ne plus l'obséder autant… N'était-ce pas, précisément, ce que cherchait à obtenir l'Aragonaise – elle qui s'ingéniait à qualifier toujours Charles de « fils de roi » ?

Si l'on en croit une confidence tardive de Charles VII à son chambellan Pierre Sala, le « signe » qu'aurait donné la Pucelle à son souverain, pour accréditer sa mission, résiderait dans la teneur d'une prière qu'il avait secrètement formulée : que Dieu lui donnât la force de vaincre, ou bien qu'il lui permît de s'exiler en Espagne ou en Écosse. Mais faut-il préciser qu'en février 1429, l'Espagne et l'Écosse étaient les seuls alliés qui restaient au dauphin Charles, et que celui-ci ne cessait de débattre des issues possibles de la crise avec ses proches et – spécialement – sa *bonne mère* ?

Du reste, que va donc faire Jeanne, au sortir de l'entrevue de Chinon ? Elle va suivre, jusqu'à son château de Saumur, une Yolande plus qu'obligeante à son égard... Et n'est-ce pas la reine de Sicile qui mettra au point, pour faire taire les derniers fâcheux, le double examen, moral et physique, de Poitiers et de Tours ?

Que les choses soient claires : je n'ai pas l'intention, à force d'élucider toutes les merveilles dont est tissée la geste de Jeanne, d'ôter son mystère au récit, ni son charme à l'aventure. Je ne songe même pas à nier ici l'inspiration divine dont la Pucelle a fort bien pu être habitée. En recréant le contexte de cette affaire et en éclairant le moteur de son inspiration, je tente simplement de restituer logique et naturel à des faits qui, jusque-là, paraissaient étranges, voire magiques.

Et s'il fallait, pour le reste, apporter des preuves des qualités de Jeanne, de la force de son caractère, de la vivacité de son intelligence, de la justesse même de son intuition, il suffirait d'aller puiser dans ce que plusieurs témoins nous rapportent de ses réponses aux douze théologiens réunis à Poitiers pour l'examiner. Il est vrai que la commission, quoique présidée par un adversaire de Yolande, Regnault de Chartres, se composait, en majorité, de ses meilleurs alliés – dont maître Gérard Machet, bien sûr, ou maître Philippe de Coëtquir… Mais quelle qu'ait pu être la bienveillance du docte collège envers la jeune Barroise, ce ne sont tout de même pas ses membres qui ont dicté à la postulante des réponses empreintes d'un souffle hors du commun !

À l'un des docteurs objectant que, « si Dieu veut délivrer la France, il n'a pas besoin de gens d'armes », Jeanne répond du tac au tac : « En nom Dieu, les gens d'armes batailleront et Dieu donnera la victoire. » Et au frère Seguin qui, maladroitement, lui demande quel langage parle sa voix : « Meilleur que le vôtre », répond-elle. « Jeanne, crois-tu en Dieu ? – Oui, mieux que vous. » Une telle assurance, une telle maîtrise dans la répartie ont, à juste titre et de tout temps, forcé l'admiration des observateurs.

Or tout cela, avec ou sans Yolande, relève bien du génie propre de la Pucelle.

Je ferai simplement remarquer que notre secrète protectrice n'est jamais très loin, dès lors qu'il s'agit d'asseoir la position de Jeanne à la cour. Comme l'écrivait Lecoy de La Marche, c'est bien elle qui supervisera le second examen – physique celui-là – visant à s'assurer de la virginité de la jeune fille. L'inspection gynécologique en tant que telle est menée par la dame Gaucourt, épouse du gouverneur d'Orléans, et la dame de Trêve – deux matrones proches de la reine de Sicile.

Et les indices de s'accumuler encore et toujours, jusqu'à former ce que les juristes appelleraient « un faisceau de présomptions précises et concordantes ».

À Selles, Jeanne est hébergée chez le frère de Jean Allaire, qui sert le président Louvet auprès de la souveraine. À Tours, elle prend ses quartiers chez Éléonore de Paul, ancienne demoiselle d'honneur de Yolande d'Aragon, et de surcroît épouse d'un de ses conseillers. Quant à l'écuyer qu'on lui désigne, le fidèle Jean d'Aulon, il sera nommé – certes plus tard – sénéchal de Beaucaire, un fief bien connu de la maison d'Anjou.

Il faudrait évoquer enfin tous les bons compagnons : les Robert Le Maçon, les Florent d'Illiers, les Christophe d'Harcourt... N'étaient-ils pas tous issus du même cercle ? Et Archambaud de Villars – qui porta la bonne parole aux Orléanais – et Jean Langlois – l'autre messager de la délivrance : autant de vassaux de la maison d'Anjou !

J'éprouve quelque scrupule, tant sont nombreux les arguments, à les asséner tous ; et je m'en voudrais, à trop vouloir convaincre, de finir par lasser tout le monde.

Aussi n'est-ce pas sans réticence que je verse au dossier la forte somme de quatre-vingt-trois livres tournois, tirée par la reine de Sicile de sa propre cassette pour financer l'armure de Jeanne. Si je le fais, néanmoins, c'est que ce détail-là recèle une troublante indication : il se trouve en effet que le facteur, Gilles de Montbazon, donnera livraison de son ouvrage deux semaines seulement après l'arrivée de la Pucelle à Tours. C'est un délai bien court pour une telle pièce, et qui suppose que la commande en ait été passée plus tôt – sans aucun doute avant que les douze théologiens eussent rendu leur verdict.

Quelqu'un – on se demande bien qui – aurait-il anticipé la décision du tribunal de Poitiers ?

Face à une telle omniprésence de la maison d'Anjou, j'en suis venu à me demander comment les contemporains n'avaient pas décelé la moindre mise en scène, ni émis le plus petit doute, quant aux forces discrètes armant le bras de Jeanne. Ces gens-là étaient-ils donc aveugles ? Ou bien les hommes – et les femmes – de la reine de Sicile agissaient-ils avec la plus grande discrétion ? Il me paraît plus probable que le silence des observateurs sur ces zones d'ombre ait tenu au caractère évident, pour eux, de la situation. Pourquoi auraient-ils dénoncé le rôle occulte de Yolande d'Aragon, alors même que ce rôle, sans doute moins caché qu'on ne se le figure, était aussi assumé que parfaitement légitime ?

Du reste, il faudra attendre la condamnation de Jeanne, à Rouen en mai 1431, pour que commence à s'exprimer – et dans les rangs bourguignons d'abord – la thèse d'une collusion de la Pucelle avec certains conseillers de Charles VII. Des chroniqueurs comme Jean de Wavrin s'efforceront alors d'accréditer la version d'une Jeanne formée et missionnée par Baudricourt lui-même. Au siècle suivant, plusieurs auteurs présenteront encore Jeanne sous les traits d'un agent de la cour de France, à défaut de voir en elle une alliée de la maison d'Anjou. Ainsi de Guillaume du Bellay, en 1548, puis de Girard du Haillan en 1570.

Mais par la suite, à mesure que s'installera la légende dorée de Jeanne, ces thèses bien prosaïques disparaîtront – au grand soulagement des gardiens du temple.

Jusqu'à nos jours, six siècles plus tard, les tenants d'une version pure et dure de l'épopée ont tenu bon.

Ils ne désarment pas. Leur chef de file a longtemps été la médiéviste Régine Pernoud, fondatrice, en 1974, du Centre Jeanne d'Arc d'Orléans. Artisan d'un renouveau des études johanniques, mais en même temps garante d'une certaine orthodoxie, cette chartiste irréprochable vouait aux gémonies les auteurs qui, par audace ou légèreté, s'attaquaient à la vulgate. Ainsi se fendit-elle d'un véritable pamphlet[1] contre « ceux qui refont en notre temps l'œuvre de Cauchon », à savoir fausser l'histoire de Jeanne – ou simplement en souligner les multiples contradictions…

Or, pour Régine Pernoud, « on peut bien voir en Yolande d'Anjou (*sic*) "l'architecte inlassable et secret" de la réussite de Jeanne, mais c'est à condition de reconnaître aussi que cet architecte fut si bien secret que rien, absolument rien, ne prouve son rôle, que tous les documents existants réduisent au contraire ce rôle à ce qu'il fut : fort mince, encore qu'utile ». À la lueur de ce qui précède, le lecteur appréciera la pertinence d'un tel point de vue… Que Mlle Pernoud elle-même ait pu le formuler sans ciller invite à mesurer les ravages causés, chez les meilleurs, par la survalorisation du document explicite.

Qu'importe en effet au paléographe les faisceaux d'indices, les preuves *a contrario*, la logique interne des enchaînements et toute la psychologie du monde : hors de la preuve écrite, il n'est à ses yeux nulle vérité qui vaille ! Pas même celle qui procéderait du recoupements d'un nombre impressionnant d'éléments.

Certes, « Jeanne a certainement été sympathique à Yolande », veut bien concéder Régine Pernoud. Mais

1. Régine Pernoud, *Jeanne devant les Cauchons*, Éditions du Seuil, 1970.

« si Jeanne a été l'instrument de Yolande d'Anjou (*sic*), comment expliquer que cet instrument ait été par la suite si facilement abandonné ? La lecture des textes du procès suffit du reste à éliminer l'hypothèse, car les réponses de Jeanne laissent clairement voir qu'elle ne fut l'instrument de personne et qu'au surplus, elle n'aurait pas été un instrument si facile à manœuvrer. » L'on n'a, du reste, jamais prétendu le contraire ; au vrai, c'est sans doute même parce qu'elle était malaisée à piloter que Jeanne fut « si facilement abandonnée » – comme nous le verrons.

Mais Mlle Pernoud et ses continuateurs ne poussent pas le raisonnement aussi loin. Eux refusent simplement l'idée qu'une vérité historique puisse échapper aux mailles de leur filet textuel, et procéder d'une autre voie que celle des aveux consignés. « Tout cela n'a qu'un défaut, estime la chartiste à propos de la thèse Erlanger, c'est d'être hors de l'histoire, de ne s'appuyer sur aucun document. » Ainsi, puisque ni la souveraine ni son entourage n'ont laissé de trace indubitable de leur rôle dans l'épopée de Jeanne, c'est – nécessairement – que ce rôle a été « fort mince ».

On n'ose imaginer, à cette aune, ce qu'écriront dans les temps futurs les historiens d'une époque – la nôtre – vouée par le téléphone à l'effacement des traces…

Et tant pis s'il est avéré que le convoi de vivres du 27 avril 1429, destiné à soulager Orléans, fut largement financé sur les deniers de la reine de Sicile ! Tant pis si, à la tête de ce convoi et entourée de moines chantant et psalmodiant, Jeanne conduisait une armée constituée presque exclusivement de Manceaux, d'Angevins et de Bretons, autant dire de sujets ou d'alliés de la maison d'Anjou ! Tant pis si tous les capitaines massés dans la ville assiégée étaient, à des degrés et des titres divers, des féaux et des protégés de Yolande, qui leur avait confié la mission de faire pièce à l'Anglais !

Du chapitre crucial d'Orléans, l'on ne retiendra que le caractère incontrôlable de la Pucelle, sa décision de prendre d'assaut la bastide Saint-Loup puis celle des Augustins, avant le fortin des Tournelles. Que Bedford, mesurant la détermination renouvelée de la *bonne mère*, ait de lui-même levé le camp et que, militairement, la « libération » d'Orléans ne soit pas un bien grand exploit n'entrera guère en ligne de compte. Restera seulement le symbole d'une jeune fille libérant en dix jours une cité tenue depuis sept mois – et personne ne fera même remarquer que la force d'un tel symbole, précisément, figurait au centre de la stratégie de l'Aragonaise !

Aux yeux de l'histoire officielle, seule paraît digne d'entrer dans les manuels scolaires celle qu'on appellera désormais « la Pucelle d'Orléans ».

Le financement des convois ? La composition de l'armée ? L'appartenance des capitaines ? Oubliés. Éclipsés par l'éclat de l'héroïne nouvelle… Cependant, me direz-vous, il faudrait être aveugle ou bien de mauvaise foi pour nier, derrière la réussite de Jeanne, le rôle essentiel de Yolande. N'est-elle pas allée la chercher, n'a-t-elle pas assuré sa renommée, ne l'a-t-elle pas conduite à bon port et fait accepter par son gendre et par les autorités ? Elle l'a bien armée, tout de même, et entourée, et fait précéder dans Orléans ! Est-ce, oui ou non, la reine de Sicile qui a conféré son retentissement à la première victoire sur l'Anglais de la Pucelle ?

Qu'importe aux yeux de la postérité : sur le chapitre d'Orléans comme sur les autres, les dignes successeurs de Régine Pernoud mépriseront, avec la même cécité, la découverte de Philippe Erlanger. Au point d'aboutir, par exemple, à l'absence du nom de Yolande d'un certain nombre de sommes, par ailleurs remarquables, sur la vie de Jeanne : ainsi ne figure-t-il même pas dans l'index de la monographie de Colette Beaune[1], ouvrage de référence publié en 2004.

Un véritable tour de force, lorsque l'on mesure le rôle joué par la reine de Sicile dans la direction des opérations.

COMPLICE OU INSTRUMENT ?

Jargeau, Meung, Beaugency… L'Aragonaise voulait nettoyer les bords de la Loire d'une présence étrangère menaçante pour ses apanages ; c'est précisément ce à quoi s'emploient la Pucelle et ceux qui suivent sa bannière. Renforcée dès lors au sein du conseil, la *bonne mère* pourra s'octroyer la satisfaction d'envoyer, ponctuellement, d'utiles appuis à son bras armé – comme à Beaugency où la place ne tombera que grâce aux renforts de la maison d'Anjou.

Pour autant, la reine Yolande ne perd pas de vue son double objectif : d'abord faire couronner son gendre à Reims ; ensuite reprendre, au nom de ce dauphin devenu pleinement roi, les pourparlers naguère interrompus avec le duc de Bourgogne.

Couronnement, négociations… N'est-ce pas, précisément, à quoi conduisent avec efficacité les victoires de Jeanne ? Le 16 juillet 1429, à l'issue d'une campagne enthousiaste, la Pucelle d'Orléans se fait ouvrir toutes grandes les portes de Reims. Et dès le lendemain,

1. Colette Beaune, *Jeanne d'Arc*, Perrin, 2004.

sous son regard attendri d'ange gardien tout armé, dans le chœur de la cathédrale des sacres, Charles va recevoir enfin l'onction du saint chrême… Le « roi de Bourges » n'est plus, vive le roi de France, Charles, septième du nom !

Yolande – certes écartée de la cérémonie par une manœuvre de La Trémoille – a bel et bien atteint son but ; et d'autant plus pleinement qu'une délégation bourguignonne profite de la solennité pour venir présenter au souverain des hommages appuyés…

Ainsi ce que d'aucuns ont appelé l'« opération bergère » aura-t-elle parfaitement fonctionné ; un peu trop bien même puisque Jeanne refuse de s'en tenir là ; elle se fait fort d'aller plus loin, de continuer le combat, de poursuivre une campagne devenue inopportune aux yeux mêmes de sa protectrice.

Régine Pernoud l'avait dit : Jeanne est de nature indocile, elle n'est pas si « facile à manœuvrer ». C'est du reste l'argument ultime des tenants de la version officielle. « Si Jeanne, disent-ils, avait été l'agent de la reine de Sicile, elle se serait montrée plus obéissante ! » Certes ; à moins qu'elle n'ait été utilisée à son insu…

Car la question se pose, à ce stade : le soutien massif dont a bénéficié la Pucelle tenait-il plutôt de la fomentation ou de la manipulation ? Autrement formulé : Jeanne, tellement entourée, littéralement guidée jusqu'à Reims, a-t-elle été la complice avertie, consentante, de ceux qui l'utilisaient ? Ou bien en fut-elle l'instrument inconscient et, finalement, la dupe ?

Qu'il y ait eu, dans cette épopée, une part de mise en scène, la cause me paraît entendue. Un épisode comme celui de Fierbois le montre assez. Qu'on en juge plutôt.

Dès le 21 février 1429, sur la route de Chinon, Colet

de Vienne avait mené le petit groupe des premiers compagnons de Jeanne jusqu'à Fierbois, une bourgade dédiée à sainte Catherine. La légende voulait que Charles Martel eût, après la victoire de Poitiers sur les infidèles, déposé son épée dans l'église paroissiale… Deux mois après ce bref passage, alors que Jeanne réside à Tours chez dame Éléonore de Paul, elle refuse l'épée qu'on lui offrait et ordonne qu'on aille chercher « la sienne », derrière l'autel de Sainte-Catherine de Fierbois. Ô miracle : arrivés sur place, les envoyés de la cour trouveront une épée ensevelie « à fleur de terre », et dont la rouille tombera « sans effort »…

Il était une fois une bergère lorraine…

Mais si le montage, dans un épisode comme celui-ci, semble évident, rien ne permet d'affirmer pour autant que Jeanne s'en soit faite la complice. Et si, tout au contraire, elle en avait été la première destinataire ? Et si l'on avait semé les miracles sur sa route, dans le but principal de la conditionner elle-même ?

La plupart de ceux qui s'acharnent contre la thèse de Philippe Erlanger ont voulu démonter la vision d'une Jeanne enrôlée, jouant les agents secrets avant l'heure, une Jeanne actrice volontaire d'une imposture sans exemple. Ils ont beau jeu de réfuter ce plan machiavélique – si l'on ose dire ; car il est bien peu crédible en effet.

Seulement ils négligent l'autre scénario, tellement plausible en revanche : celui d'une Jeanne manipulée à son corps défendant, récupérée par une poignée de fins politiques et utilisée dans un but précis pendant les premiers mois de son épopée. Cela expliquerait la facilité inouïe avec laquelle sont accomplis ses exploits des débuts ; mais aussi la brutalité de sa chute, la dureté de cet abandon constaté par tous les biographes.

N'oublions pas qu'au lendemain de Reims, la *bonne mère* a tout intérêt à ménager une trêve dans les combats – ne serait-ce que pour laisser à la négociation avec la Bourgogne la place et le temps nécessaires. Or Jeanne, incontrôlable, persiste dangereusement à vouloir en découdre. Si elle obéissait à un plan mûri dans l'ombre, si elle était « de mèche » avec la souveraine, elle aurait accepté cette pause nécessaire à la diplomatie royale – peut-être même se serait-elle fait oublier.

Au lieu de quoi, elle va faire montre d'une pugnacité tapageuse et même embarrassante. D'élément moteur, elle va devenir un facteur de désordre… Providentielle avant Reims, elle se révèle intempestive par la suite.

Jeanne, semble-t-il, ressent douloureusement son nouveau statut de gêneuse ; elle s'en plaint et reconnaît ne plus recevoir « la visite de ses conseils ». Son échec devant Paris, où elle est blessée, alors qu'elle avait promis la victoire à ses hommes, puis la vie de cour luxueuse, émolliente, à laquelle on s'efforce de la réduire, marquent le début de sa déchéance. On la sépare du duc d'Alençon, toujours prêt à seconder ses élans belliqueux. On la désarme. On la tient à l'écart des grandes affaires.

« Les cartes étaient redistribuées, résume Michel Lamy[1] dans sa fourmillante somme sur Jeanne. La Trémoille se fit nommer comte et attribuer la capitainerie de Compiègne ; Regnault de Chartres renforça sa puissance et s'installa à Senlis pour assurer la liaison entre Charles VII et le duc de Bourgogne […]. En revanche le malheureux Alençon, trop prompt à obéir à Jeanne, fut mis sur la touche et perdit sa lieutenance

1. Michel Lamy, *Jeanne d'Arc*, Payot, 1987.

générale au profit du comte de Vendôme, protégé par Yolande d'Aragon. »

Vendôme, Yolande… Dieu que le monde est petit !

Par la suite, c'est sur ses propres deniers – car elle a bénéficié de largesses – que Jeanne va devoir financer sa petite armée personnelle. Un host constitué non plus de soldats réguliers, mais de mercenaires, et qu'elle entraînera dans son sillage jusqu'à des combats sporadiques et sans grâce – Melun, Lagny, Crépy-en-Valois, Choisy…

Cette fin peu glorieuse, et l'abandon qu'elle trahit de la part de sa protectrice, constitue à mes yeux une nouvelle indication d'importance : elle exclut définitivement, me semble-t-il, la thèse de la complicité. Si la Pucelle avait été sciemment affidée à la maison d'Anjou, imagine-t-on qu'elle se soit laissé abandonner de la sorte ? En vérité, Jeanne a bel et bien été utilisée par Yolande, mais elle l'aura été à son insu, sans concertation et de manière unilatérale. Elle aura été manipulée. Et la main invisible qui l'avait soutenue dans son épopée jusqu'à Reims, qui avait aplani les difficultés sur sa route, cette même main l'a délaissée au lendemain du sacre, et n'a plus rien fait pour elle !

Pire que cela : il n'est pas impossible que cette main-là se soit, le moment venu, retournée contre son instrument…

Ce serait l'explication des sombres événements de Compiègne. Car le 23 mai 1430, un concours de circonstances assez trouble va permettre, devant cette ville, que Jeanne soit capturée. Elle a tenté une sortie plus que hardie à la tête d'un demi-millier d'hommes, et prise en embuscade par les gens du duc de Luxembourg, s'est trouvée piégée hors les murs. La plupart des historiens admettent aujourd'hui la complicité, dans cette affaire, du lieutenant de la place : un certain Guillaume de Flavy qui n'est autre que le demi-frère de Regnault de Chartres... Ira-t-on jusqu'à préciser qu'à cette date, Regnault vient lui-même de se réconcilier de manière spectaculaire avec sa vieille ennemie dans le conseil ?

Ajoutons que, du côté de Yolande, pas un instant on ne va songer à lever le petit doigt pour racheter sa prisonnière à Jean de Luxembourg. Ce n'est pas faute, pour le ravisseur, d'en avoir ouvertement fait l'offre... Finalement, c'est aux Anglais que la pauvre Jeanne sera vendue, abandonnée par ceux qui l'avaient si bien soutenue. Naguère...

Vendue pour seulement dix mille livres.

Comme à Poitiers deux ans plus tôt, les réponses de Jeanne à ses juges – français – de Rouen sont bouleversantes de force et de justesse. « Dieu hait-il les Anglais ? », lui demande ainsi le tribunal ecclésiastique. « De l'amour ou de la haine que Dieu a pour les Anglais, je ne sais rien. Mais je sais qu'ils seront boutés hors de France. » Plus loin : « Vous croyez-vous en état de grâce ? » Fuse une réponse admirable : « Si je n'y suis, Dieu m'y mette et si j'y suis, Dieu m'y garde ! »

On a souvent cité les propos ambigus tenus par Jeanne lors de ce procès inique. « Je ne dirai pas tout, y déclarera-t-elle, et huit jours ne suffiraient pas à tout dire... » Elle ira même jusqu'à émettre cette provocation : « Plutôt que de dire tout ce que je sais, j'aimerais mieux que vous me fissiez trancher le col. »

Qu'avait-elle à cacher ? Quels secrets aura-t-elle emportés avec elle ?

Évidemment, la passivité froide de la reine de Sicile au moment où périssait Jeanne n'incline guère à la sympathie. Plus que jamais impliquée dans l'entreprise complexe d'un royaume en reconstruction, elle s'absorbe à l'infini dans de multiples combinaisons.

Et la silhouette de Yolande de s'évanouir dans les ombres, en attendant que son nom ne s'efface peu à peu des mémoires. Et pourtant…

Il me semble que, bien qu'elle ne suscite guère d'affection, l'Aragonaise a droit au respect de la postérité. Car c'est elle qui, seule au milieu de la déconfiture, aura défendu la couronne de France et préparé le sursaut ultime. Elle qui, dans un temps encore pétri de principes féodaux, aura su faire primer les intérêts de l'État. Elle qui, plus que quiconque, aura contribué à fonder la grandeur du règne de son gendre.

Comme devait le souligner Philippe Erlanger, il allait falloir percer bien des ténèbres pour mettre au jour « la tenace ouvrière de la rénovation française au XVe siècle. Pénélope silencieuse qui a détenu et emporté dans sa simple tombe de princesse angevine le secret de Charles VII ». Et cependant, ajoute le chercheur, « il suffit de remettre cette puissante cariatide à sa place pour que l'édifice se trouve aussitôt éclairé de toutes parts. »

Voilà le grand mérite d'Erlanger : avoir restitué à Yolande des lauriers que lui avaient dérobés les historiens pour en ceindre le front de Jeanne.

Pour autant, ce serait se méprendre sur le sens profond de cette mise au point, que d'en conclure, si peu que ce soit, au rôle secondaire de la Pucelle. Non seulement la statue de Jeanne ne sort pas amoindrie de cette vision de la geste ; mais je soutiens qu'elle s'en trouve grandie encore. En la dépouillant un peu de l'appareil magique des sortilèges et des miracles, on rendra plus humain son charisme, plus sensible sa foi, plus émouvant encore son parcours.

Et c'est ainsi que le conte devient vraiment extraordinaire.

À l'époque même de Jeanne, dans des *Mémoires* rédigés seulement trente ans après les faits, le pape Pie II ne manqua pas de s'interroger sur tant de miracles.

Dans les lignes qui suivent, le souverain pontife met en cause la nature profonde de l'épopée de Jeanne. « Fut-ce œuvre divine ou stratagème humain, il me serait difficile de trancher, écrit-il. Alors que les Anglais prospéraient, les Grands de France étaient divisés, sans vouloir accepter la conduite de l'un des leurs. Il en est qui pensent que l'un d'entre eux, le plus avisé, aura imaginé cet expédient de produire une vierge envoyée par Dieu et, à ce titre, réclamant la conduite de la guerre. »

Le pape écrit « l'un d'entre eux » – nous entendons désormais « l'une d'entre eux »…

Et Pie II de conclure par cette phrase éloquente, aux limites du cynisme : « Il n'est pas un homme qui puisse refuser d'avoir Dieu pour chef. »

*

Formons un vœu : que le nom de Yolande d'Aragon, jusqu'ici relégué au tréfonds d'une histoire pour initiés, entre dans les manuels scolaires à sa place légitime : juste au-dessus de Jeanne !

III

Par un soir enneigé de janvier 2004, j'aborde la gare de Bruxelles-Midi dans l'état d'esprit détaché du bon Samaritain : une amie conférencière, empêchée au dernier moment, m'a prié de la remplacer au pied levé pour une intervention en petit comité. Je parlerai donc de Versailles – une fois de plus...

Mon hôte, Hippolyte Wouters, est un ténor du barreau local, par ailleurs fin dramaturge à ses heures. Sa belle maison de la drève Pittoresque possède des combles aménagés en théâtre de société ; il y convie régulièrement comédiens et causeurs à se produire devant un cénacle choisi.

Maître Wouters, quoique déçu forcément de ne recevoir en moi qu'une doublure, ne s'en montre pas moins affable et disert ; non sans courtoisie, il m'entretient en chemin de mes livres et de mes émissions, et mène la conversation avec cette aisance raffinée qui n'appartient qu'aux lettrés.

Soudain... « Vous avouerai-je, hasarde-t-il avec prudence, que j'ai moi-même commis un opuscule sur un sujet... comment dire... assez controversé ? » À l'énoncé du titre – Molière ou l'auteur imaginaire ?[1] – *je retiens*

1. Hippolyte Wouters et Christine de Ville de Goyet, *Molière ou l'auteur imaginaire ?*, Éditions Complexe, 1990.

un haut-le-cœur. C'est bien ma chance : sous des dehors tellement civils se cachait un de ces forcenés qui croient tenir en Corneille le véritable auteur des pièces de Molière !

Pour un peu, je lui demanderais de me reconduire à la gare. Seulement je suis poli. Et curieux... C'est même entendu : puisque j'ai deux heures à tuer avant la causerie, je vais pousser la complaisance jusqu'à parcourir le fameux brûlot. D'un œil distrait, naturellement...

En vérité, le petit ouvrage d'Hippolyte Wouters devait me captiver.

Il allait me tenir en éveil tout au long de la nuit suivante, ranimant en moi une passion de jeunesse pour Corneille qui, depuis mes années lycéennes, avait fini par s'émousser. Bientôt, cette première approche en entraînerait de plus soutenues, jusqu'à m'impliquer moi-même dans la plus grande controverse de notre histoire littéraire.

Au fil de mes lectures, de mes rencontres et de mes découvertes, j'allais pouvoir mesurer la puissance du dogme « moliériste » et l'influence de ses zélateurs. « Touche pas à Molière ! » Tel pourrait être le mot d'ordre de la formidable chapelle qui, de la Comédie-Française à la Sorbonne et à l'Institut de France, nourrit des adeptes dans les plus hautes institutions.

À l'inverse, je devais prendre aussi la mesure de l'oubli relatif où l'on tient Pierre Corneille au sein de ces mêmes corps. Ainsi, pour le quatrième centenaire de sa naissance, au printemps 2006, un simple discours à l'Académie et la reprise du Menteur *Théâtre-Français – ainsi qu'un colloque universi-*

taire – n'ont-ils pu compenser l'absence de toute commémoration d'envergure nationale.

Comment combler les insuffisances de l'État ? Le soir même du 6 juin, au château du Champ-de-Bataille, près de Rouen, des amis généreux de bonne volonté m'ont permis de réunir quatre cents personnes autour des descendants du poète ; et nous avons rendu – à notre échelle – un vibrant hommage à l'auteur du Cid*...*

À cette occasion, la collaboration de Corneille aux œuvres de Molière fut évoquée – inévitablement – et j'eus le regret de constater que le scepticisme, en la matière, n'était pas l'apanage des moliéristes.

LA LANGUE DE CORNEILLE

> Faites-moi l'honneur de croire que je n'écris pas « certitude » pour « hypothèse » et que je n'aurais pas dit un mot de Corneille si je n'avais fait le tour de la montagne. La seule objection qui subsiste est celle-ci : « On le saurait. »
>
> Pierre Louÿs

La figure charmante, presque tendre, de Jean-Baptiste Poquelin – alias Molière – domine le panthéon des lettres françaises ; elle se pare de toutes les grâces, s'enfle de tous les mérites. Molière, si sage et si léger en même temps, si profond et si drôle – Molière si libre surtout –, est devenu l'aimable parangon des vertus tempérées, un exemple achevé de génie accessible et humain.

Le pauvre homme ! pourrait s'exclamer Orgon.

Qu'un même artiste ait pu tout à la fois servir son monarque et distraire le bon peuple, écrire ses pièces et les jouer lui-même, percer la nature humaine et s'autoriser la pochade, pour ne pas dire la farce, voilà de quoi épater les siècles ! Ses morceaux de bravoure scénique – quoique inégaux – fascinent les comédiens de tout niveau ; ils séduisent un public infini, au même titre que les dessins d'un Léonard ou les accords d'un Wolfgang Amadeus…

Molière ou l'auteur accompli. *Le pauvre homme !*

Un ombre, peut-être, ou un bémol : la biographie de Poquelin n'est pas à la hauteur de la légende de Molière. On ne sait, pour tout dire, pas grand-chose de certain sur son compte, et la plupart des traits qu'on lui prête relèvent au mieux de la tradition, au pire de la rumeur. Aucun manuscrit, aucune publication annotée, aucune correspondance, aucun autographe – si ce n'est sa signature au bas d'actes administratifs – ne nous est parvenu. Rien ! Le vide sidéral.

Et les auteurs du temps, me direz-vous, les échotiers, les mémorialistes ? Que nous livrent-ils à propos d'un sujet à ce point éminent ? En vérité presque rien, si ce n'est des notations incidentes – parfois peu amènes... Aucune dédicace à son nom. Nulle citation à l'Académie. Pas le moindre témoignage nous montrant Molière écrivant ou même lisant... Plus étonnant encore : la *Gazette de France*, qui cite en permanence les écrivains en vogue, ne mentionne pas son nom une seule fois – en quinze années de faveur royale !

Pour ce qui est des biographies, elles reposent toutes sur trois modestes sources. D'abord, le fameux extrait de registre conservé au Théâtre-Français, compilé par Lagrange, un comédien de la troupe, et qui n'offre d'éléments fiables qu'à compter de l'année 1659 ; ensuite la préface à l'édition des œuvres complètes, datée de juin 1682 ; enfin, cette incontournable *Vie de Monsieur de Molière*, rédigée en 1705 – soit trente-deux ans après la mort de Poquelin – par un auteur, Grimarest, qui ne l'a pas connu et s'est contenté de recueillir à son sujet les souvenirs tardifs du comédien Baron.

D'où cette question posée par des esprits... fâcheux : et si le mythe de Molière, soigneusement entretenu depuis la Restauration, dissimulait la vérité d'un personnage plus obscur, plus ambigu, plus évanescent en somme qu'il n'y paraît ?

Une telle incertitude serait supportable, certes ; seulement elle se renforce du soupçon terrible qui, depuis 1919, pèse sur la paternité même du corpus moliéresque.

Puisque certains – et pas des moindres – mettent en doute la signature de Poquelin au bas du *Misanthrope*, de *Tartuffe* ou des *Femmes savantes*, dans la mesure où d'aucuns vont jusqu'à soutenir que ces chefs-d'œuvre et quelques autres seraient nés du vénérable cerveau de Pierre Corneille, une ombre s'est installée, qu'il convient d'éclaircir.

J'entends déjà les objections : « Est-ce que vous ne craignez pas, en creusant un sillon à ce point déviant, de faire vaciller la statue, d'écorner le symbole, de priver la littérature française de son plus bel ornement ? »

Ma réponse est non, deux fois.

Primo : je ne crois pas qu'on gagne quoi que ce soit à entretenir un mythe – fût-il magnifique – sur des fondements erronés ou friables. Secundo : s'il s'avérait que les vers les plus sublimes « de Molière » soient à porter au crédit de Pierre Corneille, alors non seulement la littérature ne perdrait rien au change, mais elle y gagnerait un auteur complet et multiple, un grand polygraphe, un esprit supérieur comparable à celui que les Anglais chérissent en Shakespeare.

Cela posé, je vais donc creuser de bon cœur.

CELUI PAR QUI LE SCANDALE…

Le quotidien *Le Temps* était, sous la IIIe République, un des piliers de la presse parisienne. La sûreté de ses sources et la notoriété de ses signatures lui assuraient les faveurs d'un lectorat bien assis, à la fois républicain et conservateur. Or – aussi étonnant que cela semble – c'est dans ces colonnes très convenues que, le 16 octobre 1919, paraît sous la plume du célèbre Pierre Louÿs un article furieusement audacieux : l'auteur des *Chansons de Bilitis* y attribue sans ambages à Corneille la paternité des plus beaux écrits de Molière.

Précision liminaire : en la matière, Pierre Louÿs est tout sauf un béotien. Il suffit pour s'en convaincre de lire les articles et les notes de l'écrivain bibliophile : l'étendue de ses références est impressionnante ; sa familiarité avec l'histoire littéraire en général et celle du XVIIe siècle en particulier, extrême. « Vingt ou trente ans de lectures réellement encyclopédiques et de pratique de l'écriture sous toutes ses formes l'avaient mis en possession d'une érudition sans égale, alliée à une connaissance intime des plus obscurs arcanes de la poésie, expliquent Jean-Paul Goujon et Jean-Jacques Lefrère[1]. Qui, parmi les contradicteurs de Pierre Louÿs, pourrait se flatter aujourd'hui de telles connaissances littéraires et historiques ? »

Or, Louÿs est formel : « Il est évident que Pierre Corneille domine toute la vie de Molière, assène-t-il, qu'il a collaboré à plusieurs de ses pièces, et que l'une d'elles, *Amphitryon*, est tout entière de sa plume, si l'on néglige quelques "interruptions" très faciles à détacher et quelques rares fragments de scène. »

Amphitryon réattribué à Corneille ?

Lorsqu'il jette ce gros pavé dans la mare littéraire, Pierre Louÿs a sans doute conscience de s'attaquer à

1. Jean-Paul Goujon et Jean-Jacques Lefrère, *« Ôte-moi d'un doute... », l'énigme Corneille-Molière*, Fayard, 2006.

ceux que les initiés nomment « moliéristes » – à savoir les historiens, professeurs, journalistes et comédiens prosternés devant la statue de Jean-Baptiste Poquelin. Le fondateur de leur revue, *Le Moliériste*, se faisait, dès le premier numéro, en 1879, porte-parole de ces « dévots de Molière, dont l'admiration va jusqu'au culte ». Il reconnaît d'emblée la dimension religieuse de leur attachement. « C'est l'organe de cette petite église littéraire que nous voulons fonder, quelque chose comme les *Annales de la propagation de la foi* dans notre religion spéciale (*sic*). » Et plus loin : « À côté des grands-prêtres et adorateurs du Dieu, que de chercheurs obscurs, Moliérisants, Moliérophiles, Moliéromanes même[1]… »

Louÿs, dans un premier temps, s'amuse d'une telle dévotion. « Qu'ils seraient heureux les moliéristes, s'ils possédaient dix lignes de Molière sur le sujet d'*Amphitryon*, à la date de 1650 ! Ce serait pour eux la preuve irréfutable », se moque-t-il avant d'ajouter : « On a bien dix lignes de Molière datées de 1650, mais ce ne sont que deux reçus, et chacun d'eux prouve qu'à vingt-huit ans, Molière ignorait encore comment s'accordent les participes passés. » Et de poser durement les termes du défi : « Ce n'est pas le style de Corneille, c'est la signature de Molière qui a besoin de preuves. »

Immense tollé. Bordées d'insultes. Lettres de menaces envers l'iconoclaste, le sacrilège, celui par qui le scandale arrive. Dès cette époque, on essaiera de faire passer Pierre Louÿs pour un aimable dilettante, pour un amateur plus ou moins illuminé, appuyant des allégations

1. Georges Monval dans *Le Moliériste*, n° 1 (1879) ; cité par Denis Boissier dans *L'Affaire Corneille-Molière*, à paraître.

fantaisistes sur une connaissance imprécise des sources. Piteuse défense…

Cependant le poète, ainsi pris à partie, va se croire obligé de contrer un telle levée de boucliers. La violence des attaques dont il fait l'objet le conduit, dès le 19 octobre, à se justifier dans un entretien à *Comœdia*. Le poète y rappelle que « nous n'avons absolument rien de la main de Molière, pas un manuscrit, pas une page, pas une ligne, hors les deux reçus de 1650 que salit une faute d'orthographe. Il n'y a pas d'exemple qu'un grand écrivain disparaisse ainsi sans laisser d'autres traces ».

Suivront cinq articles que vont se partager *Le Temps* et *Comœdia*. Louÿs y esquisse une thèse intelligente et mesurée, à défaut d'être entièrement démontrée. Les textes de Molière, explique-t-il, ne sont pas d'une seule main ; aucun n'est pur de tout alliage. Or, si l'on retranche de ces écrits certains vers imparfaits et qui les déparent, ce qui demeure ressemble si fort à du Corneille que c'en est très certainement.

Les moliéristes s'insurgent de plus belle et, sans jamais s'abaisser à répondre sur le fond, s'indignent très formellement du procès intenté à leur idole.

« Je n'attaque pas Molière homme de théâtre », leur répond le poète, excédé. « Molière est le meilleur homme de théâtre qu'il y ait eu en France avant Beaumarchais. » Simplement, « il y a deux textes dans *L'Imposteur* [*Tartuffe*]. Il y a deux textes dans la scène admirable d'Elmire et de Tartuffe. Les grands couplets de Tartuffe sont presque entièrement du texte premier. Tel quatrain qui n'en est pas se détache comme un noyau de pêche du premier couplet, dont il dénature la pensée. » Pierre Louÿs est à ce point pénétré de son sujet, ce qu'il a vu et ce qu'il donne à voir lui paraît relever d'une telle évidence qu'il s'emporte envers ceux qui, faute d'arguments à fournir, ne lui opposent qu'une ironie obtuse. « Le pianoteur, dit-il, qui ne comprendra jamais pourquoi J.-S. Bach serait fou de colère s'il pouvait lire l'*Ave Maria* de Gounod, ne comprendra pas non plus pourquoi, dans une page de Corneille, quatre vers de Molière apparaissent encastrés comme un noyau que l'on crache dans le fruit incomparable d'une telle poésie. »

Son ami Frédéric Lachèvre, un ancien banquier devenu spécialiste de l'histoire littéraire, est alors un des rares érudits à oser soutenir Louÿs. Lucide pour autant, il lui écrit dès novembre 1919 : « Je ne fais aucune réserve sur le fond de votre thèse, car, à mes yeux, vous êtes la compétence même en ces matières, mais il faut compter avec le parti pris et surtout avec le mysticisme des esprits, autrement dit avec cet état particulier de l'intellect, qui fait que les raisons les plus décisives glissent sans laisser de traces ; il semble que les gens ne comprennent pas, qu'on leur parle une langue étrangère qu'ils ignorent. Vous le voyez tous les jours en politique comme en littérature. Vous ne convaincrez donc que les esprits non prévenus et un très petit nombre de moliéristes, car Molière est un Dieu pour eux et un Dieu ne se discute pas[1] ! »

Avis plein de sagesse ; du reste, Louÿs en fera vite l'amère expérience. Ses arguments les plus nets, les plus précis, sont balayés par la protestation outrée de ceux qui réclament des aveux de Molière lui-même, écrits noir sur blanc. « Croyez que je joue ici mon œuvre et mon nom, et que je ne perdrai pas, persiste le poète dans *Comœdia*, le 7 novembre. Et tout ce qui embourbe notre journalisme, tout ce qui est la vase,

1. Cité par Jean-Paul Goujon et Jean-Jacques Lefrère, *op. cit.*

le crapaud, l'éternelle bassesse humaine, tout cela m'a crié en bavant "Des preuves ! Des preuves !". »

Ou comment un débat prometteur s'enlise assez vite dans la polémique…

À défaut de preuves formelles, Pierre Louÿs multiplie les arguments. Mais personne – ou presque – ne l'écoute plus. Partout règne l'invective ; on se gausse ; on tourne en dérision les raisonnements les plus fins… Que faire en face d'un tel refus ? La conviction la mieux fondée, la plus pertinente, ne pouvait suffire, en 1919, à renverser un siècle de révérence envers Molière, à bousculer des certitudes fondées sur de longues traditions, théâtrale autant qu'universitaire. Le poète avait mésestimé la force d'inertie des élites ; et plutôt que de s'épuiser en querelles sans fin, il préféra s'enfermer dans sa tour d'ivoire et s'abîmer dans des recherches que sa mort seule interromprait, en 1925.

Il faudrait dès lors attendre plus de huit décennies pour qu'une partie – une partie seulement – de ses notes sur Corneille et Molière soit enfin publiée[1].

LE « MIRACLE MOLIÈRE »

C'est un fait difficilement contestable : le halo d'incertitude où baigne la jeunesse de Molière – son enfance, ses études, sa rupture de ban avec la famille… – n'est qu'un exemple extrême du flottement de nos connaissances sur le Grand Siècle en général, et sur son théâtre en particulier. C'est tout juste si l'on cerne, par recoupements, le parcours approximatif de la troupe ambulante de Madeleine Béjart, appelée

1. Jean-Paul Goujon et Jean-Jacques Lefrère, *op. cit.*

l'Illustre-Théâtre et dans laquelle s'est engagé Jean-Baptiste Poquelin en 1642.

Il est sûr néanmoins qu'à deux reprises, avec cette compagnie, Molière s'est rendu à Rouen, patrie du grand Corneille. Je n'écris pas « le grand Corneille » par affectation ; c'est son appellation coutumière à l'époque ; depuis le triomphe inouï du *Cid* en 1636, Pierre Corneille, dit « l'Aîné » pour le distinguer de son frère Thomas, est considéré comme l'auteur majeur de son siècle, une sorte de géant des lettres.

Est-ce un hasard, dès lors, si l'Illustre-Théâtre choisit Rouen pour destination de son premier déplacement en province ? On possède en tout cas la preuve qu'au cours de son séjour, la troupe, voulant faire hâter des travaux dans sa future salle parisienne, s'est rendue au grand complet chez le propre notaire de Corneille ! Simple coïncidence ? Autre certitude : c'est au retour de ce premier séjour que Poquelin se met à signer de ce nom de « Moliere » – orthographié sans accent au XVIIe siècle – dont il refusera toujours de dévoiler l'origine, « même à ses meilleurs amis » (Grimarest). Selon Denis Boissier[1], le secret de ce pseudonyme serait à chercher du côté d'une étymologie aussi désuète que savante : « Moliere » viendrait du vieux verbe français « molierer » signifiant « légitimer ». De là à conclure que le grand Corneille lui-même aurait « légitimé » – c'est-à-dire reconnu et parrainé – le tout jeune Poquelin, il n'y a qu'un pas à franchir…

Mais c'est le second stage de Molière à Rouen qui marquera le vrai tournant de sa carrière.

Soudain, à Pâques 1658, Jean-Baptiste – il a trente-

1. Denis Boissier, *L'Affaire Molière, la grande supercherie littéraire*, Jean-Cyrille Godefroy, 2004.

six ans cette fois – quitte brutalement Grenoble et le sud de la France pour traverser tout le royaume en hâte et venir – six longs mois durant – s'installer à Rouen, au jeu de paume des Braques – c'est-à-dire à l'angle même de cette rue de la Pie où résident les frères Corneille ! La plupart des moliéristes glissent sans s'appesantir sur cette étonnante coïncidence ; Molière, disent-ils, ne serait venu en Normandie que pour « se rapprocher de Paris » où il effectue alors, semble-t-il, plusieurs incursions discrètes… Mais n'aurait-il pas, dans ces conditions, été plus simple pour lui de s'installer à Paris même ?

Or, c'est précisément pendant ce second séjour à Rouen que se produit le miracle. Quel miracle ? Celui qui consiste à muer un trousseur de farces grossières en dramaturge de haute volée – transfiguration unique, faut-il le préciser, dans toute l'histoire de la littérature. Avant Rouen : des mômeries de foire comme *La Jalousie du barbouillé* ou *Gorgibus dans le sac*. Après Rouen – et sans aucune transition : de subtiles études de mœurs comme *L'Étourdi* et *Les Précieuses ridicules*. Certes, Lagrange nous apprend que *L'Étourdi* avait été créé à Lyon dès 1655 ; mais que peut-il bien savoir de la version initiale de cette pièce, lui qui n'a rejoint la troupe que quatre années plus tard ?

Ce brusque passage de la chenille au papillon, cette éclosion tardive d'un brillant écrivain dans la vieille mue d'un amuseur, voilà qui n'a jamais, chez aucun biographe, trouvé la moindre explication. C'est un mystère, et cela fait partie du dogme…

En 1936, dans *Le Temps* – décidément –, le grand critique Émile Henriot devait tout de même marquer les limites d'une telle croyance. « Molière était un homme après tout, écrit-il, et j'aimerais savoir par quelle voie cet homme supérieur est devenu tel. Mais personne encore ne nous l'a dit, et nous n'avons qu'à admirer les yeux fermés. » N'est-ce pas ce que l'on demande à des adorateurs ? « Que de choses restent inexpliquées, poursuit Henriot ; passe encore pour les œuvres secondaires, mais les grandes, les immortelles, *Dom Juan*, *Tartuffe*, *Le Misanthrope*, *Amphitryon*, dans quelles conditions, conçues de longtemps et longtemps portées ou écrites de verve et sorties tout armées du front de ce Jupiter théâtral, on ne sait pas, on ne comprend pas, on s'étonne, et c'est tout ! »

Pourtant, un constat aurait dû mettre la puce à l'oreille des spécialistes : lorsqu'en octobre, retour de Rouen et propulsés du jour au lendemain « comédiens ordinaires de Monsieur, frère unique du Roi », Molière et ses comparses jouent pour la première fois au Louvre devant le souverain, la tragédie qu'ils y interprètent se trouve être *Nicomède*… d'un certain Corneille. Et trois semaines plus tard, devant le même public, ils donneront cette fois, après *Les Précieuses ridicules* en lever de rideau, *Cinna*… du même Corneille – un Corneille qui, du reste, a fait en même temps qu'eux le voyage de Paris, sous prétexte de rencontrer Fouquet, son tout nouveau protecteur…

Molière et la troupe enchaîneront avec *Héraclius*, et *Rodogune*, et *La Mort de Pompée*… toujours de Corneille ! Georges Couton lui-même, qui présente l'édition de Molière dans la Pléiade, devra le reconnaître : « L'obstination de Molière à jouer du Corneille est frappante : il reprend des pièces anciennes, il monte des pièces nouvelles. Tout se passe comme si, avec une obstination digne d'un meilleur succès, il avait voulu se faire l'interprète de Corneille, voire s'imposer à Corneille comme son interprète[1]. »

Or, désormais, Molière va jouir de la faveur du roi. Cela lui vaut un appui incomparable – mais aussi une cascade de commandes à satisfaire…

S'ouvre le fascinant cortège des grandes pièces que chacun connaît, des *Fâcheux* en 1661 à *Tartuffe* en 1664, de *L'École des femmes* en 1663 à *Dom Juan* en 1665. Vont suivre, entre autres, *Le Misanthrope*, *Amphitryon*, *L'Avare*, *Psyché*, *Les Femmes savantes*... Autant de chefs-d'œuvre impérissables… succédant aux farces les moins avouables ! On est bien loin, soudain, des *Trois docteurs rivaux* et de *Gros René l'Écolier* ! Croyez-vous que cela étonne nos doctes exégètes ? Pas du tout. C'est ainsi, c'est le « miracle Molière »…

Un miracle, au demeurant, qui se double d'un prodige. Car personne non plus n'a encore expliqué comment s'y prenait Molière, à présent directeur de troupe ayant une cinquantaine de bouches à nourrir – ainsi qu'une cinquantaine d'ego à gérer –, courtisan assidu auprès du roi et des grands, monteur de spectacles multiples et parfois simultanés, ami prodigue et amant à ses heures, pour trouver le temps – et la quiétude – de sécréter chaque année des milliers de vers sublimes, souvent profonds et même savants. Car les pièces signées Molière regorgent de références parfois très élevées ; ainsi *Dom Juan* recèle-t-il quantité d'allusions à L'*Introduction à la vie dévote* de saint François de Sales – un François de Sales dont aucune édition, bien entendu, n'apparaîtra dans l'inventaire de la maigre bibliothèque de Jean-Baptiste…

1. Georges Couton, in Molière, *Œuvres complètes*, « Bibliothèque de la Pléiade », Gallimard, tome I.

Faut-il préciser que Pierre Corneille, en revanche, avait lui-même traduit *L'introduction à la vie dévote* ? Et cela, pas plus tard que l'année précédant la première de *Dom Juan*…

Hippolyte Wouters et Christine de Ville de Goyet excuseraient volontiers Molière : « N'est-il pas normal, humain, inévitable lorsqu'on est surchargé de travail et de mondanités, que l'on doit faire l'homme-orchestre pour faire face à des exigences répétées, rapprochées et royalement impératives, de faire appel à de la main d'œuvre talentueuse et disponible qui permette de remplir ses obligations contractuelles ? Qui cela regardait-il ? En quoi cela était-il impensable ? Pourquoi cela aurait-il été choquant ? »

Cette main-d'œuvre talentueuse et disponible, Molière va l'avoir à portée de main dès le mois de décembre 1662, quand le grand Corneille, avec sa femme et son frère Thomas, vient s'installer à Paris chez le duc de Guise – autant dire à une encablure du domicile de Molière, rue Saint-Thomas-du-Louvre ! C'est, à cinquante-six ans, la première fois de sa vie que le grand poète abandonne durablement sa ville natale – lui qui n'avait pas fait ce sacrifice au moment où en dépendait son entrée à l'Académie.

Tout ce que j'énonce là paraît un peu trop beau pour être vrai ; c'est cependant prouvé, de bout en bout, et personne ne peut affirmer le contraire.

UN COMMENCEMENT DE PREUVE

Je vais me faire un instant l'avocat du diable – tout au moins du sceptique : « Mais enfin, si Corneille avait travaillé pour Molière, il aurait bien fini par en filtrer quelque chose… »

Eh bien précisément, ce fut le cas. Et même deux fois !

La première indiscrétion est commise par l'éditeur Quinet lorsque, adressant son édition du *Dépit amoureux* à un haut magistrat, en 1662, il lui présente cette pièce comme étant « de l'Auteur le plus approuvé de ce siècle » – titre auquel Molière, après trois années de comédies, ne pouvait en rien prétendre, mais qui convenait en revanche très bien à la réputation illustre de Corneille.

La deuxième divulgation est encore plus explicite, et elle concerne cette fois l'un des chefs-d'œuvre majeurs : *Psyché*, crée en 1671 sous le nom de Molière, une pièce dont personne alors ne songerait à contester l'auteur. Seulement *Psyché* est une comédie-ballet dont les intermèdes musicaux ont été conçus par Philippe Quinault ; et parce que celui-ci tient à signer sa contribution, l'éditeur va se voir, au moment de la publication, sommer de préciser les parts respectives de chacun.

Or, voici ce que l'on peut lire dans son avertissement : « Cet ouvrage n'est pas tout d'une main. Monsieur Quinault a fait les paroles qui s'y chantent en musique, à la réserve de la plainte italienne. Monsieur de Molière a dressé le plan de la pièce et réglé la disposition, où il s'est plus attaché aux beautés et à la pompe du spectacle qu'à l'exacte régularité. Quant à la versification, il n'a pas eu le loisir de la faire entière. Le carnaval approchait, et les ordres pressants du roi qui se voulait donner ce magnifique divertissement plusieurs fois avant le Carême, l'ont mis dans la nécessité de souffrir un peu de secours. » *Qu'en termes élégants ces choses-là sont dites !* « Ainsi il n'y a que le prologue, le premier acte, la première scène du deuxième acte et la première scène du troisième acte dont les vers soient de lui. Monsieur Corneille a employé une quinzaine au reste, et par ce moyen Sa Majesté s'est trouvée servie dans le temps qu'Elle l'avait ordonné. »

Et voilà comment la vanité de Quinault aura eu raison de la discrétion de Corneille… Pour une fois, le Maître est dévoilé. En vérité, il pouvait d'autant mieux accepter d'apparaître ici que la pièce est inoffensive et – contrairement aux *Précieuses* ou à *Tartuffe*, notamment – ne s'attaque à aucun potentat. Encore pouvait-elle paraître excessivement sentimentale sous la plume du grand tragédien ; son neveu Fontenelle écrira du reste dans sa *Vie de M. Corneille* qu'ayant écrit *Psyché* « à l'ombre du nom d'autrui, [son oncle] s'y est abandonné à un excès de tendresse dont il n'aurait pas voulu déshonorer son nom[1] ».

Au reste, pour ce qui est de la part concédée à Molière par l'éditeur, elle n'est pas sans faire question. En effet, dans cette œuvre en particulier, la remarquable unité de ton – pour ne rien dire du niveau où respire l'ensemble – paraît indiquer qu'en dehors des intermèdes de Quinault, l'essentiel du texte serait d'une même main. En attribuant à Molière un acte et trois scènes, et en laissant le « reste » – soit déjà les deux tiers du volume – à Corneille, l'avertissement n'aurait-il pas gonflé encore l'apport du signataire, et contribué, sous couvert d'une concession, à renforcer Poquelin et à brouiller les pistes ?

Voilà qui lève le voile sur le genre de mystifications auxquelles, de concert, pouvaient s'adonner Molière et Corneille.

L'avocat du diable, de nouveau : « Va pour *Psyché*, mais… Si Corneille avait travaillé pour Molière en

1. Cité par Denis Boissier, *op. cit.*

dehors de cette pièce, ne retrouverait-on pas, sous le nom de ce dernier, des thèmes, des noms, des références “estampillées” Corneille ? »

Encore une fois, c'est le cas. Et par dizaines encore !

En annexe de *L'Auteur imaginaire*, François Vergnaud – pseudonyme d'un ethnologue discret – établit pêle-mêle la liste des manières, des tournures, des spécificités purement cornéliennes, partout présentes dans les œuvres signées Molière. Ce sont, clame-t-il, les mêmes tics de langage, les mêmes néologismes, les mêmes « normandismes » – les mêmes fautes d'orthographe aussi… Et puis ce penchant pour le juridisme, ce goût de la théologie, cette habitude de l'autocitation. Et tous ces emprunts au même répertoire !

« Parce qu'à force de jouer Corneille, plaident les moliéristes, Molière avait fini par acquérir ses réflexes ! » Et son génie de la langue et du vers, pourrait-on ajouter, tant Jean-Baptiste Poquelin s'est vu doter, subitement, à trente-neuf ans – et sans qu'aucun signe avant-coureur ne l'ait laissé présager –, d'un style admirable et qui, désormais, va confiner très souvent au sublime.

QUESTION DE STYLE

Il serait long – et peut-être fastidieux pour certains – d'analyser très avant le style des chefs-d'œuvre signés Molière. Mais il est indispensable de s'y plonger un instant, si l'on veut prendre la pleine mesure de cette affaire.

Je ne suis pas le seul à l'avoir noté : dans les premières œuvres du sacro-saint répertoire, on chercherait vainement les bonheurs d'expression. La prose en est toujours simple, souvent gauche, parfois même impropre.

Extrait de *La Jalousie du barbouillé*. Le Barbouillé :

> Hé bien ! ne savais-je pas bien qu'elle n'était pas si sotte ? Elle est morte, et si elle court comme le cheval de Pacolet. Ma foi, elle m'avait fait peur tout de bon. Elle a bien fait de gagner au pied ; car si je l'eusse trouvée en vie, après m'avoir fait cette frayeur-là, je lui aurais apostrophé cinq ou six clystères de coups de pied dans le cul, pour lui apprendre à faire la bête.

Il serait facile d'objecter qu'une telle nullité n'est que de circonstance, et que Molière n'a mal écrit cette *Jalousie* que pour s'adapter au genre bas de la farce. Il semble cependant qu'il ne soit guère plus inspiré lorsqu'il s'agit de présenter ses compliments à Madame, belle-sœur du roi… Je ne résiste pas au plaisir méchant de reprendre ici les commentaires de Pierre Louÿs sur la fameuse dédicace de *L'École des femmes*…

> Je suis le plus embarrassé homme du monde lorsqu'il me faut dédier un livre.

« “Lorsqu'il me faut”, commente Louÿs : charmant début ; Molière dirige la troupe de Monsieur. Donc il lui “faut” rendre hommage à Madame. »

> Et je me trouve si peu fait au style d'épître dédicatoire que je ne sais par où sortir de celle-ci.

« Non, commente Louÿs, il n'est pas fait au “style d'épitre” comme il dit. Avant d'entrer, comment ‘sortir’. Nous nous amusons. »

> Un autre auteur qui serait en ma place trouverait d'abord cent belles choses à dire à Votre Altesse Royale sur ce titre de *L'École des femmes* et l'offre qu'il vous en ferait.

« Nous comprenons mal qu'après avoir écrit la pièce, Molière soit incapable d'en commenter le titre. »

Plus loin :

> On n'est pas en peine, sans doute, comment il faut faire pour vous louer. La matière, Madame, ne saute que trop aux yeux, et de quelque côté qu'on vous regarde, on rencontre gloire sur gloire et qualités sur qualités.
> Vous en avez, Madame, du côté du rang et de la naissance qui vous font respecter de toute la terre. Vous en avez du côté des grâces et de l'esprit et du corps qui vous font admirer de toutes les personnes qui vous voient.

« Oui, s'étonne Pierre Louÿs, Molière a écrit ça. Parlant à la belle-sœur de Louis XIV, il n'est pas en peine comment la louer. Elle a, heureusement, pour elle des qualités du côté du rang, et voilà pourquoi on la respecte. »

Première estocade du poète : « Comprenez-vous que l'auteur de cette lettre n'a pas écrit la scène éblouissante qui sert d'introduction aux *Fâcheux* ? Ni en quinze jours comme on le lui fait dire dans une intéressante préface, ni en quarante ans ? Mais je n'ai pas fini d'étaler ici la dédicace de Madame. »

> Cette bonté toute obligeante, cette affabilité généreuse que vous faites paraître pour tout le monde, et ce sont particulièrement ces dernières pour qui je suis et dont je sens fort bien que je ne me pourrais taire quelque jour. Mais encore une fois, Madame, je ne sais point le biais de faire entrer ici des vérités si éclatantes.

Voici la conclusion – vacharde – de Pierre Louÿs : « Le brave ouvrier tapissier : il ne sait point le biais de faire entrer les vérités à l'instant où Madame leur pardonnerait enfin cette singulière envie de sortir, qu'elles disaient à l'heure d'entrer. »

Peut-on penser sérieusement qu'un si laborieux plumitif ait composé les vers suivants – précisément issus de *L'École des femmes* ?

Une femme d'esprit peut trahir son devoir ;
Mais il faut pour le moins qu'elle ose le vouloir ;
Et la stupide au sien peut manquer d'ordinaire,
Sans en avoir l'envie et sans penser le faire.

Le fait est que, dès la scène suivante, cette langue magnifique cédera la place à un dialogue de théâtre pour le moins décousu. Où l'on retrouve le diagnostic fondamental de Louÿs sur les « deux textes » alternant tout au long de l'œuvre…

Les Femmes savantes en sont un exemple emblématique. Clitandre :

Ce que vous refusez, je l'offre au choix d'une autre.
Voyez. Est-ce, madame, ou ma faute, ou la vôtre ?
Mon cœur court-il au change, ou si vous l'y poussez ?
Est-ce moi qui vous quitte, ou vous qui me chassez ?

On en redemanderait… Seulement voici Philaminte :

Et la pensée enfin où mes vœux ont souscrit,
C'est d'attacher à vous un homme plein d'esprit :
Et cet homme est Monsieur, que je vous détermine
À voir comme l'époux que mon choix vous destine.

Ouf ! « Que, comme, que… » Voilà déjà moins de maîtrise. Question de style… Il est intéressant de noter que, le plus souvent, ces ruptures du beau langage et les maladresses qui parsèment le texte interviennent lors de scènes d'inflexion : entrées, sorties, mouvements, etc. Comme si les nécessités de la mise en scène avaient appelé quelque rapiéçage sur un texte par ailleurs un peu rigide.

On pourrait à l'infini multiplier les exemples de cette intime dualité de l'écriture moliéresque, et Goujon et Lefrère, à la suite de Louÿs, y consacrent sans faiblir des dizaines de pages. Je préfère – au risque de paraître technique un instant – insister sur les similitudes que l'on constate, toujours du point de vue du style, entre les vers avoués de Corneille et ceux qu'a reconnus Molière. L'usage magistral des consonnes, des monosyllabes, des allitérations, le placement des verbes, l'accumulation des noms, le caractère proverbial de certains alexandrins… Tout ce qui signe le génie cornélien se retrouve dans les meilleures parties de Molière. J'emprunte les exemples qui suivent à Wouters et Ville de Goyet.

Multiplicité des consonnes dures :

> Redoutez tout après un tel outrage.
> (*Le Misanthrope*)

Des consonnes douces :

> Quand je ne vous vois point je ne suis point joyeuse.
> (*L'École des femmes*)

Monosyllabes :

> Son cœur de ce qu'il sent n'est pas bien sûr lui-même.
> (*Le Misanthrope*)

Allitérations :

Et rien des vains efforts de mon infirmité. (*Tartuffe*)

Consonnes répétées dans le même ordre :

Et de quelque laurier qu'on couronne un vainqueur. (*Amphitryon*)

Verbes nombreux :

De savoir prier Dieu, m'aimer, coudre et filer. (*L'École des femmes*)

Verbes au septième pied :

N'importe, je ne puis m'anéantir pour toi. (*Amphitryon*)

Substantifs variés :

En vous est mon espoir, en vous est ma quiétude,
De vous dépend ma peine ou ma béatitude. (*Tartuffe*)

Etc., etc.

Faut-il prendre la peine de préciser que de telles ressemblances – à peine moins visibles – se retrouvent entre les textes en prose ?

Comme pour corroborer ces remarques sur le style et, paradoxalement, les clore, l'informatique est venue s'en mêler. Le responsable de cette irruption des sciences dans le domaine des lettres est Dominique Labbé, maître de conférences à l'Institut d'études politiques de Grenoble et spécialiste de l'analyse du discours – notamment du discours politique, évidemment.

Nous sommes en 2003. Dans un ouvrage[1] des plus controversés – qui reprend les conclusions d'un article paru en décembre 2001 dans la revue *Journal of Quan-*

1. Dominique Labbé, *Corneille dans l'ombre de Molière. Histoire d'une découverte*, Les Impressions nouvelles/Les Piérides, 2003.

titative Linguistics – Labbé publie donc les conclusions d'une étude pionnière, menée avec l'aide de son fils Cyril. Grâce à un logiciel de leur confection appliquant les statistiques au langage – langage de toutes sortes et de toutes époques – ils ont pu mesurer la « distance intertextuelle » séparant les comédies de Molière de celles de Corneille – des deux dernières précisément.

Il est toujours délicat, lorsqu'on ignore soi-même à peu près tout de l'informatique, de juger du sérieux d'une étude reposant sur une discipline tellement hermétique. Néanmoins, puisque ces méthodes sont utilisées avec succès de par le monde, et que la publication de l'étude incriminée a reçu la pleine approbation de la communauté scientifique, il serait aberrant pour l'historien de se montrer plus royaliste que le roi.

Verdict de l'étude, qui place à part *Dom Garcie de Navarre* et *Psyché* pour des raisons qu'il serait un peu long d'expliquer ici : « La distance qui sépare les deux *Menteurs* [*Le Menteur* et *La Suite du Menteur*] des comédies en vers signées par Molière va de 0,205 (*L'Étourdi*) à 0,253 (*Sganarelle ou le Cocu imaginaire* et *Amphitryon*). En moyenne, la distance avec l'ensemble des pièces en vers de Molière est de 0,240 pour le premier *Menteur* et de 0,234 pour le second. Il ne fait donc pratiquement aucun doute que toutes ces pièces sont de la même main. »

J'ai recopié mot à mot : « pratiquement aucun doute », « de la même main ».

Et le compte rendu de cette analyse informatique ajoute clairement que les deux *Menteurs* sont « la matrice d'où sont sortis *L'Étourdi*, *Le Dépit amoureux*, *L'École des maris*, *Les Fâcheux*, *L'École des femmes*, *La Princesse d'Élide*, *Tartuffe*, *Dom Juan*, *Le Misanthrope*, *Mélicerte*, *L'Avare* et *Les Femmes savantes* ». Les autres cas seraient plus douteux – encore *Le Bourgeois gentilhomme* et *Le Malade imaginaire* rentrent-ils dans le rang pour peu qu'on les allège des passages en faux turc et en latin de cuisine.

Au final, ce sont dix-huit des grandes pièces de Molière qui seront attribuées, par le logiciel de comparaison, à Pierre Corneille. Sans l'ombre d'une hésitation. Dois-je préciser que cette étude a été violemment contestée, non par des chercheurs en informatique, mais par des enseignants en littérature ? Je n'ose imaginer, cependant, quel parti les moliéristes auraient tiré d'éventuelles conclusions négatives – ou simplement douteuses… Il n'empêche : confrontés à un verdict aussi net, ils le rejettent sans appel.

TROIS MOTIFS RECEVABLES

Pour tous ceux qui, néanmoins convaincus, finiraient par admettre la présence de Corneille sous la signature de Molière, la question qui se pose est de savoir quel intérêt le Rouennais aurait bien pu trouver à un arrangement tellement indigne, à première vue, de son glorieux talent.

On a certes pu avancer des liens très personnels avec la compagnie de Madeleine Béjart, notamment un penchant assumé du maître vieillissant pour la belle Marquise Du Parc, puis sa passion contrariée pour Armande Béjart… C'est peu de chose en soi.

Au vrai, si l'on prétend cerner les motivations de Pierre Corneille, un retour – rapide – sur sa carrière va se révéler nécessaire.

Prenons d'abord conscience qu'au moment où Molière et les siens s'installent à Rouen, en 1658, Corneille s'est retiré du théâtre depuis six ans. Dans la préface à l'édition de *Pertharite, roi des Lombards*, il avait eu ces mots, bien douloureux pour un auteur : « La mauvaise réception que le public a faite à cet ouvrage m'avertit qu'il est temps que je sonne la retraite. » Et ceux-ci, d'une lucidité très dure envers soi-même : « Il est juste qu'après vingt années de travail je commence à m'apercevoir que je deviens trop vieux pour être encore à la mode. »

Depuis lors, il se consacre – avec un grand succès du reste – à la traduction en vers de L*'Imitation de Jésus-Christ*, de Thomas à Kempis, un mystique allemand du XVe siècle. Dire que le théâtre ne le tente plus serait faux ; seulement, après six ans de silence imposé par une série d'échecs, il aurait bien besoin qu'on le remette en selle. Ainsi donc, statufié trop tôt dans la posture du poète national, le « grand Corneille » a vieilli prématurément ; il aura eu la douleur de se voir démodé de son vivant.

Conscient de la situation, que pourrait-il rêver de mieux que ces retrouvailles, au printemps 1658, avec la troupe tellement amicale de Madeleine Béjart ? Retrouvailles qu'il a peut-être suscitées, du reste – ce qui expliquerait l'arrivée si soudaine, depuis Grenoble, de Molière et des siens ; mais rien ne permet de l'affirmer.

L'essentiel est ailleurs : dans ce croisement d'attentes complémentaires. D'un côté, un poète vieux avant l'âge, mais qui brûle de créer de nouvelles pièces ; de l'autre, une troupe exsangue, mais néanmoins déterminée à tenter pour de bon l'aventure parisienne. D'un côté, de grandes relations à la Cour : la reine mère, le surintendant des Finances – car Fouquet vient de commander au maître une tragédie nouvelle, sur le thème d'Œdipe ! De l'autre, l'expérience des planches et la volonté de réussir. D'un côté tout un répertoire tragique, qui ne demande qu'à renaître ; de l'autre, un besoin de textes à présenter à Paris et, pourquoi pas, à la Cour…

Il paraît difficile de contester, dans ces conditions, qu'un accord ait pu être passé, durant l'été 1658, entre le grand Corneille et la troupe de Madeleine Béjart, qui n'est pas encore tout à fait celle de Molière. Pour autant, cela n'explique pas pourquoi Corneille se serait mis à fournir en comédies ses nouveaux porte-parole. C'est une chose de trouver un débouché pour ses tragédies ; c'en est une autre d'écrire, sous le manteau, des choses légères et que l'on s'abstient de signer. D'ailleurs, rien ne dit que cela se soit fait aussi vite…

Il faut, si l'on veut franchir ce nouveau pas, rappeler le statut bien particulier auquel avait fini par se hisser Corneille, sans doute un peu malgré lui.

Dès 1637, le dramaturge s'est retrouvé, grâce à l'incomparable succès du *Cid*, anobli par Louis XIII, royalement pensionné, vénéré dans toute l'Europe. Or cette gloire trop prompte s'est vite retournée contre lui ; en vérité, on peut même dire qu'elle l'a pris à son piège. Une vague d'envie, dont témoigne la querelle du *Cid*, a tôt submergé le jeune auteur ; toutes les jalousies du monde se sont acharnées sur son compte, allant jusqu'à le rendre improductif pendant trois ans.

Mais il y a eu pire, d'un point de vue artistique : en moins de dix ans, le « grand Corneille » s'est retrouvé prisonnier du genre le plus noble, la tragédie héroïque – lui qui n'aimait rien tant que la comédie ! N'oublions jamais qu'il est, en France, l'inventeur de la comédie de mœurs ; qu'il y a consacré sa jeunesse ; que ses neuf premières pièces ont toutes été des comédies ! Et que la dernière en date, *La Suite du Menteur*, remonte à 1644. Il est ensuite entré à l'Académie… Et n'ont suivi que des tragédies.

C'est que la société d'ordre du XVIIe siècle aime à hiérarchiser les genres, en peinture comme en musique et pas moins au théâtre. Aux grands dramaturges, on réserve alors le domaine, noble par excellence, de la tragédie à l'antique. Suit la tragi-comédie, loin devant la comédie d'intrigue. Quant aux comédies familières de mœurs et de caractère, elles marchent encore derrière, juste avant le genre vil de la farce… Comment, dans ces conditions, l'auteur vénéré de hautes tragédies pleines d'empereurs et de saintes pourrait-il encore endosser la paternité de bien bas amusements bourgeois ?

Or, pour Corneille, ces comédies de circonstance n'ont pas seulement sa tendresse ; on est en droit de penser qu'elles représentent aussi le moyen réjouissant de régler quelques comptes… Ces dames de l'hôtel de Rambouillet ont-elles malmené, en 1642, les vers sublimes de son *Polyeucte* ? Elles feront les frais des *Précieuses ridicules*, en attendant *Les Femmes savantes*. Ces messieurs dévots l'ont-ils accusé d'avoir mêlé, dans la même pièce, le sacré et le profane ? Ils se verront flétrir à travers la figure hideuse de *Tartuffe*, archétype du faux dévot. N'est-ce pas, pour un poète injustement relégué, une assez douce compensation que ce type de vengeance à couvert ? Encore faut-il que le secret en soit bien gardé, et que l'auteur officiel de ces charges bénéficie de la protection expresse du souverain.

Ce sera bientôt, précisément, le cas de Molière.

S'est-on jamais demandé, au demeurant, quel intérêt Poquelin lui-même aurait bien pu avoir à se moquer avec hargne de Précieuses qu'il n'avait, de près ou de loin, jamais fréquentées ? Ou bien à stigmatiser durement des dévots parfaitement étrangers à son univers ?

De telles représailles se comprennent mieux, si c'est Corneille qui tient la plume…

Conséquence importante de ce qui précède : on conçoit désormais que le Rouennais n'ait eu aucun, absolument aucun intérêt à revendiquer, sur des comédies sulfureuses, une paternité aussi peu glorieuse au regard de la hiérarchie des genres que dangereuse eu égard aux puissances attaquées. Que nos moliéristes actuels méditent un peu là-dessus, et qu'ils cessent donc de considérer qu'en s'abritant à l'ombre de Molière, Corneille lui aurait fait une faveur quelconque.

Comme ses propres modèles, les poètes Alexandre Hardy et Jean Rotrou, Corneille s'est fort bien, semble-t-il, accommodé de l'ombre pour écrire.

Enfin, au risque de choquer les ingénus, j'ajouterai que les considérations matérielles n'ont certainement pas été étrangères à l'association qui nous occupe. Molière, contrairement à sa légende romantique, était un homme d'affaires avisé ; les dix dernières années de sa vie le voient même baigner dans l'opulence. Corneille, en revanche, en dépit d'une existence rangée, se trouvera souvent dans la gêne. Père d'une famille de sept enfants, ayant notamment deux fils à établir dans la carrière des armes, il lui est nécessaire de trouver sans cesse de nouveaux subsides.

Ses besoins sont d'autant plus pressants qu'ayant vendu sa charge d'avocat à la Table de marbre, et n'ayant pu conserver celle de procureur des États de Normandie, il se trouve dépourvu depuis 1651 de tout revenu professionnel. Sa pension lui a été supprimée par Mazarin lors de la Fronde. Vivant essentiellement, dès lors, de sa traduction de l'*Imitation*, il supporte d'autant plus mal sa chiche existence qu'on lui prête la réputation d'aimer l'argent. « Pourvu qu'il tire de ses pièces bien de l'argent, il ne se tourmente guère du reste », écrit ainsi Tallemant des Réaux. Et Bordelon d'ajouter : « Il ne juge de la bonté de sa pièce que par l'argent qui lui en revient. »[1]

La propriété intellectuelle n'existe pas, au XVIIe siècle ; et hormis la cession de ses manuscrits aux libraires, Corneille ne perçoit pas de « droits d'auteur » ! C'est donc avec bonheur qu'il va, dès 1659, vendre de nouvelles tragédies à la troupe de Molière – à raison de deux mille livres chacune, somme très importante. A-t-il ajouté à ces revenus ceux de comédies écrites secrètement ? C'est ce que l'on est en droit de penser – et d'autant plus que pour les premières de certaines pièces – *L'École des femmes* et *Tartuffe*, par exemple – le registre de Lagrange mentionne curieusement deux parts d'auteur. Une part pour Molière, certes ; mais la seconde ?

Ainsi donc, outre la joie d'écrire de nouvelles comédies et la satisfaction de solder impunément de vieux comptes, Corneille aura pu trouver, dans la cession à Molière de quelques belles comédies de mœurs et de caractère, le confort d'arrondir son pécule.

N'avons-nous pas ici trois motifs recevables ?

ULTIMES OBJECTIONS

C'est bien connu : lorsqu'on manque d'arguments, la tactique recommandée consiste à monter un détail en épingle. À défaut de convaincre vraiment, cela peut tout au moins semer le trouble dans les esprits… En l'occurrence, le détail retenu par certains moliéristes est

1. Cités par Jean-Paul Goujon et Jean-Jacques Lefrère, *op. cit.*

une prétendue querelle qui aurait opposé, à propos de *L'École des femmes*, Molière à des frères Corneille alors soutenus par les comédiens de l'Hôtel de Bourgogne.

Quel serait le point de départ de leur brouille ? Ces quatre vers placés dans la bouche de Chrysalde :

Je sais un paysan qu'on appelait Gros-Pierre,
Qui n'ayant pour tout bien qu'un seul quartier de terre,
Y fit tout alentour faire un fossé bourbeux,
Et de Monsieur de L'Isle en prit le nom pompeux.

Il est vrai qu'alors Thomas Corneille avait ajouté « de L'Isle » à son nom – précisément pour se distinguer de son trop célèbre grand frère ; dès lors, il est plausible qu'une telle pique l'ait visé directement. Jean-Baptiste a pu – c'est une hypothèse – ajouter ces quatre vers à la pièce pour égratigner un Thomas volontiers critique à son encontre ; mais parce que la saillie n'est pas bien méchante, elle pourrait venir tout aussi bien de Pierre lui-même – gentiment moqueur envers son frère.

Pour le reste, en 1663, hormis l'abbé d'Aubignac qui parle de cabale – mais d'Aubignac n'est-il pas le pire ennemi des Corneille ? –, personne n'évoque une querelle quelconque entre Molière et les deux frères ; la meilleure preuve, c'est que Molière et ses comédiens, à cette époque, ne cessent d'interpréter des tragédies du Rouennais.

Quant à la concurrence qui, indiscutablement, va mettre aux prises les troupes respectives de l'Hôtel de Bourgogne et du Palais-Royal, comment ne pas y voir un jeu payant d'ordre « publicitaire » – si l'on ose un tel anachronisme – et qui s'apparente à ce que nous appellerions une « stratégie commerciale » ?

« La seule objection qui subsiste, écrivait déjà Pierre Louÿs en son temps, est celle-ci : "On le saurait". »

Et c'est un fait que les ultimes barrages opposés aux « louÿsiens » prennent souvent la même forme, plus ou moins : « Si Corneille avait travaillé pour Molière, cela aurait bien fini par se dire et se répéter ! »

Corneille, nègre de Molière ? Vous n'y songez pas ! D'abord, on le saurait !

Mais au fait : pourquoi le saurait-on ? Il me semble que nous raisonnons à ce sujet, une fois de plus, avec des références qui sont celles de notre époque. Aujourd'hui, certes, il est peu probable qu'un auteur puisse durablement faire écrire ses ouvrages par un maître sans qu'il en filtre quelque mauvaise rumeur. Mais, outre que nous ne savons presque rien des rumeurs qui pouvaient circuler au XVIIe siècle, il s'agissait moins ici, pour l'auteur, de faire écrire ses textes, que, pour le maître, de faire jouer les siens !

Rappelons-nous que personne, de son vivant, ne se serait avisé de voir en Molière un écrivain, ce qui diminue de beaucoup son « crime », à supposer que c'en soit un, de se faire aider. Jean-Baptiste Poquelin était homme de théâtre, il appartenait à l'univers de la comédie – si distinct, à l'époque, de celui des lettres. Pour parler plus clairement encore, il semble qu'il ait plus ou moins revêtu les attributs de bouffon du roi.

BASOCHIENS ET ENFANTS-SANS-SOUCI

Vous avez dit « bouffon du roi » ? Voilà un élément qui modifie la portée de cette affaire.

On doit beaucoup, sur ce chapitre, au travail considérable de Denis Boissier, auteur naguère d'un ouvrage au ton plutôt vindicatif[1]. Dans une nouvelle étude[2], plus neuve et plus fouillée – malheureusement inédite à ce jour –, Boissier a mis en évidence une petite trentaine de critères distinctifs de cette charge, tellement singulière, de bouffon du roi, effective jusqu'au règne de Louis XIII. Il démontre au passage que Poquelin répondait sans exception à tous ces critères, et que sans en porter le titre – devenu obsolète – il n'en assumait pas moins la fonction.

Comme le bouffon, Molière appartient à la maison du souverain, qu'il suit en tout lieu ; il se montre irrespectueux de tous sauf du roi lui-même et de sa politique. Comme le bouffon, il est l'âme des fêtes et notamment du carnaval, et doit veiller en permanence à l'amusement de son maître. Comme le bouffon, surtout, il bénéficie d'une absolue protection, lui permettant de tout dire ou presque, ce qui lui vaut la haine des grands et l'enthousiasme du bon peuple. Mais aussi bien, nous explique Boissier, c'est parce qu'il a rempli ce rôle impie entre tous que la mort de Molière suscitera tant de tumulte, et que son corps ne sera même pas inhumé en terre chrétienne. Car alors il sera devenu – et c'est l'ultime raison d'être de sa fonction – une sorte de bouc émissaire…

On comprend bien dès lors l'intérêt majeur d'un tel personnage, à la fois populaire, mystérieux et intouchable, pour un auteur qui rêverait en même temps de succès publics et de tranquillité privée – pour un Pierre Corneille, disons-le, qui trouverait dans ce bouffon sans le nom à la fois l'éclat dont il peut manquer et la sûreté qu'il a toujours cherchée.

1. Denis Boissier, *op. cit.*
2. Denis Boissier, *L'Affaire Corneille-Molière*, à paraître.

S'enfonçant plus avant dans l'épaisseur des mœurs du Grand Siècle, Denis Boissier nous ouvre quelques horizons. Ce qu'il nous donne à voir, c'est notamment l'appartenance respective de Molière et de Corneille à ces corporations souterraines, tout droit issues du Moyen-Âge, que sont la Basoche et les Enfants-sans-souci. La première a réuni, jusqu'à la fin de la Renaissance, les clercs du Parlement et autres hommes de loi ; à l'époque où Corneille fait son droit, elle est encore active, et porteuse d'un esprit potache enclin notamment à la satire sociale. Quant aux Enfants-sans-souci, dont le chef est appelé Prince des sots, ils sont un foyer collectif de dérision ; l'Illustre-Théâtre peut en être considéré comme un héritier direct.

Il est possible que Corneille et Molière se soient retrouvés dans ce que le patrimoine burlesque des deux sociétés crypto-théâtrales avait de commun, et qu'ils en aient adopté les habitudes collégiales. Il est encore plus probable que Corneille y ait contracté le goût des textes à clés et des messages obtus. Rien n'est plus certain, en tout cas, que le penchant du Rouennais pour les phrases à double entente, les acrostiches, anagrammes et autres cachoteries.

Est-il permis d'espérer que bientôt, la vérité se propageant, un éditeur voudra bien publier l'intéressant travail de Denis Boissier, et permettre ainsi que progresse en substance la connaissance du monde théâtral et littéraire au XVIIe siècle ?

« ABANDONNE AU DIABLE TES CERTITUDES... »

« La forme de pensée qui consiste à voir dans l'art et la littérature une cryptographie est certaine chez

Corneille[1] », estimait Georges Couton. Dès lors, puisque l'auteur de l'*Illusion* aimait à truffer ses écrits de messages sous-jacents, il est tentant de chercher la clé de notre grand secret au cœur même des textes signés Molière.

Cela pourrait, à l'occasion, nous réserver quelques surprises…

En 2006, Lucien Grand-Jouan fait paraître un curieux dialogue intitulé *Le Secret du* Misanthrope[2]. Il y développe l'intuition qu'il a eue, en découvrant par hasard que dans la pièce éponyme d'Euripide, Alceste était un rôle de femme. Pourquoi donc l'auteur du *Misanthrope* l'aurait-il travesti ? Explorant ce début de piste, notre enquêteur constate que dans le chef-d'œuvre signé Molière, les noms des personnages sont largement empruntés au théâtre cornélien : Oronte appartient à *Rodogune* (1644), Arsinoé à *Nicomède* (1651), Clitandre à… *Clitandre* (1631), première des tragédies du Maître. Ce n'est pas tout : les noms de plusieurs autres personnages sont des néologismes. On connaissait Philiste, on trouve ici « Philinte » ; « Célimène » n'est ni Célie, ni Chimène… De telles déformations, sans aucun doute volontaires, font supposer à Grand-Jouan l'existence d'un cryptage qu'il s'agirait, dès lors, de décoder.

Si l'on aligne les noms des personnages du *Misanthrope* – ALCESTE, PHILINTE, ORONTE, CÉLIMÈNE, ÉLIANTE, ARSINOÉ, ACASTE, CLITANDRE, BASQUE, UN GARDE, DU BOIS –, cela donne les soixante-dix-sept lettres suivantes : « AAAAAAAABBCCCCDDDEEEEEEEE EEEEEEGHIIIIIIILLLLLMNNNNNNNNOOOOPQRRRRSSSS STTTTTTUUU ».

1. Georges Couton, *« Corneille », in Connaissance des Lettres*, Hatier, 1958.

2. Lucien Grand-Jouan, *Le Secret du* Misanthrope, auto-édition, 2006.

Pourquoi, s'est dit Lucien Grand-Jouan, ne pas tenter d'en tirer quelque chose ? Jusque-là, son intuition paraît judicieuse… Las ! Confronté à l'étrange matière première, il n'en extraira qu'un message pour le moins sibyllin. Cela donne : « PIÈCE, THÈME, SONT À TOI, CORNEILLE AÎNÉ, LÀ !! BASES D'UN SECRET QUE TU GARDAS, AIDANT BIEN CORNEILLE !!! (*sic*). »

Passablement dépité par ce galimatias, je devais m'amuser à triturer moi-même les soixante-dix-sept lettres du cryptogramme éventuel. Or, à ma propre surprise, une phrase assez limpide allait finir par se dégager de ce jeu de puzzle.

Cela donne à peu près : « ABANDONNE AU DIABLE TES CERTITUDES, Ô LECTEUR : C'EST CORNEILLE AÎNÉ QUI A SIGNÉ LE MISANTHROPE. » Ce qui est déjà plus troublant…

Si j'écris « à peu près », c'est qu'une lettre – une seule – doit être changée pour obtenir cet aveu ; il suffirait qu'au sein des soixante-dix-sept, un A se change en U. Par exemple, que le nom propre du valet de Célimène, Basque, devienne Busque – autre bon patronyme languedocien… Mais je l'avoue, l'édition du 24 décembre 1666 donne bien « Basque » et non « Busque » ; et voilà comment on se prive de la fameuse preuve tant réclamée par les ennemis de Pierre Louÿs…

Qu'importe ! Près d'un siècle après la série d'articles publiée dans *Le Temps* et *Comœdia*, la vérité n'en commence pas moins à se faire jour, à propos des liens secrets qui ont uni Jean-Baptiste Poquelin à Pierre Corneille. La quantité de coïncidences et de recoupements qui, au-delà même des questions stylistiques, rapprochent les deux biographies vient à bout, peu à peu, de la résistance phénoménale opposée par les gardiens du temple à la résolution de cette grande énigme.

Je mets quiconque au défi de trouver de beaux vers dans l'œuvre de Molière avant le séjour rouennais de 1658 – si l'on exclut évidemment *L'Étourdi*, dont absolument rien ne prouve qu'il existait en 1655 dans sa forme actuelle. Au défi de citer par ailleurs un seul témoignage montrant Molière affairé à écrire une pièce, à réviser un manuscrit, à corriger une épreuve. De trouver une seule raison à l'installation des Corneille à Paris en 1662, hormis celles que nous avons dites. Et de trouver – en dehors de Baron naturellement – un seul ami ou familier de Molière qui se soit déclaré satisfait de l'hagiographie de Grimarest.

On pourrait multiplier ce genre de défis. Que les tenants de la thèse officielle se fassent déjà les dents sur ceux que je viens de lancer. Oserai-je simplement y ajouter deux questions ? Elles portent sur la postérité cachée de l'association Corneille-Molière.

1. Pourquoi Thomas Corneille, appelé en 1673 à versifier le *Dom Juan* « de Molière » – dont il ne retient que le sous-titre *Le Festin de pierre* –, refuse-t-il dans sa préface d'en nommer l'auteur ? Il use de circonvolutions comme « la pièce que M. de Molière fit jouer », ou le « célèbre auteur sous le nom duquel cette comédie est toujours représentée ». Pourquoi, sinon par refus de se faire le complice d'une tromperie ?

2. Pourquoi Lagrange et Vinot ont-ils attendu 1682 – c'est-à-dire plus de neuf ans après la mort de Molière – pour publier ses œuvres complètes ? La réponse n'est-elle pas à chercher dans la coïncidence – une de plus – qui veut que cette publication succède de très peu à celle, définitive, des œuvres complètes de Corneille ? Et s'il avait fallu attendre que le Rouennais

ait fait le choix de ce qu'il souhaitait ou non reconnaître…

Pour le reste, gardons à l'esprit qu'aux yeux de Pierre Louÿs, l'« affaire Corneille-Molière » ne représentait jamais que le quart d'une thèse beaucoup plus vaste, explorant la face cachée du grand auteur. Cette collaboration secrète avec Molière ne couvre en effet que la période 1658-1673, soit quinze années. Or Corneille a écrit pendant soixante ans, de 1622 à 1682. Restaient donc quatre décennies et demie à fouiller, réservant toutes sortes de surprises. Les recherches du savant poète englobaient, nous disent Jean-Paul Goujon et Jean-Jacques Lefrère, « tout le théâtre de Thomas Corneille, le *Francion* de Sorel, les *Aventures* de Dassoucy, les mazarinades, les vers publiés par Mlle de Razilly, les pamphlets de l'affaire des Possédées de Louviers, des textes polémiques autour de *Dom Juan* et de *Tartuffe*, d'autres sur l'affaire de Rome de 1662, et quantité de pièces de théâtre comme *Les Visionnaires* de Desmarest de Saint-Sorlin, *Le Nouveau Festin de pierre* de Rosimond, *L'Académie des femmes* de Chappuzeau, *L'Impromptu de l'Hôtel de Condé* de Montfleury, *La Magie sans magie* de Lambert, etc. La quantité de textes, souvent peu connus, que Louÿs avait lus, crayon en main, a quelque chose de vertigineux ».

Vertigineux comme l'œuvre souterraine d'un auteur abyssal et volontiers dissimulateur, si gravement méconnu de nos jours, et dont les comédies de jeunesse et les grandes tragédies – tellement sous-estimées déjà – ne sont que la part émergée d'un iceberg inouï… Corneille, après tout, ne revendiquait-il pas « un million de vers » ?

Mais qu'attendent de plus, en vérité, nos jeunes thésards ?

Dans un bel ouvrage, *Corneille par lui-même*, Louis Herland[1], sans tomber dans l'excès des moliéristes, avait fait plus que pressentir « la puissance et la générosité d'un génie exceptionnellement humain, ouvert à toutes les formes de la vie, des plus simples choses de la terre aux plus hautes aventures de l'esprit, des affaires d'argent aux affaires de cœur, des plus mesquines turpitudes aux plus nobles sentiments, ayant appris de Montaigne que rien n'est méprisable de ce qui existe et qu'il faut de tout pour faire un monde ».

Ainsi les Français possédaient-ils leur Dante, leur Cervantès, leur Shakespeare à eux ; seulement, ils ne le savaient pas. Et ce maître s'appelait Pierre Corneille.

Après cela, qui oserait encore parler de la « langue de Molière » ?

*

Formons un vœu : que le génie de Corneille soit bientôt reconnu dans toute son étendue, et que sa participation à l'œuvre « de Molière » soit assez admise pour rendre justice au plus éminent des poètes français du Grand Siècle.

1. Louis Herland, *Corneille par lui-même*, Éditions du Seuil, 1956.

IV

S'il est un travers que j'aimerais éviter, c'est celui que je dénonce chez certains de mes adversaires lorsque, soit orgueil ou fermeture d'esprit, je les vois se crisper sur des certitudes. Certes, ma conviction est ancrée, désormais, que Pierre Corneille a écrit le gros des pièces de Molière, que Jeanne d'Arc fut l'instrument de Yolande d'Aragon et que c'est dans le Jura, et non en Bourgogne, qu'il faut aller chercher l'Alésia de César et Vercingétorix.

Pour autant, je ne demande qu'à prendre en compte les objections sérieuses que l'on pourrait avancer sur de tels sujets ; et quand les choses me paraissent moins sûres, je n'hésite pas à le reconnaître. C'est le cas de l'énigme que pose, depuis un siècle et demi maintenant, le tombeau de Napoléon Ier.

Chaque année, plus d'un million de visiteurs viennent « voir vraiment les Invalides et le tombeau véritable du vrai Napoléon », selon la formule de Queneau[1]*. Introduits sous la sublime coupole d'Hardouin-Mansart, ils y font le tour d'un sarcophage monumental en pseudo-porphyre.*

1. Raymond Queneau, *Zazie dans le métro*, Gallimard, « Folio », 1972.

Les brochures leur certifient que ce tombeau renferme les restes de Napoléon – un Napoléon qui reposerait donc, selon ses volontés dernières, « sur les bords de la Seine, au milieu de ce peuple français [qu'il a] tant aimé »...

« Mensonge ! » proteste, depuis près de quarante ans, une poignée d'érudits, épigones d'un photographe et journaliste au nom de plume ambitieux : Georges Rétif de La Bretonne. Selon ces irréductibles, le corps rapatrié de Sainte-Hélène en 1840 et pompeusement déposé aux Invalides ne serait pas celui de l'Empereur.

Au premier abord, cela semble une énormité, j'en conviens ; mais à y regarder de près, on est, une fois encore, tenté de vaciller.

Et pourtant... Est-ce parce que Rétif m'est a priori *moins familier que Berthier, Erlanger ou Louÿs ? À moins que son anglophobie n'ait heurté ma sympathie native pour nos voisins d'outre-Manche... Toujours est-il que sa thèse – au demeurant fort convaincante – me paraît demander confirmation. Même les arguments complémentaires apportés avec talent, en ce début de* XXI*e siècle, par l'avocat Bruno Roy-Henry me séduisent sans me persuader absolument ; car ils ne font pas absolument une preuve.*

Or, c'est une preuve que le public est en droit d'exiger – preuve rendue possible, de nos jours, par les progrès du génie génétique. On se fait fort, aujourd'hui, de « faire parler » l'ADN de n'importe quel fragment organique prélevé sur l'hôte des Invalides. Ce qui demanderait, non pas une exhumation complète – traumatisante aux yeux de certains – mais une simple ouverture, même infime, de l'auguste sépulture.

Qui en prendra la responsabilité ?

L'ÉNIGME DU TOMBEAU

L'opinion de Napoléon Ier sur les situations les plus variées se révèle souvent, avec le recul, d'une justesse pénétrante.

Aussi serait-ce faire preuve de légèreté, pour le moins, que de négliger les propos qu'a pu tenir le grand homme dans les derniers moments de sa vie. J'en retiens trois, pieusement consignés par le général Bertrand[1] qui exerçait les fonctions, quelque peu dérisoires à Sainte-Hélène, de « grand-maréchal du palais ».

D'abord, ce pressentiment formulé par l'empereur déchu le 27 mars 1821, soit un peu plus d'un mois avant sa mort : « La seule chose à craindre est que les Anglais ne veuillent garder mon cadavre et le mettre à Westminster. Mais qu'on les force à le rendre à la France ; qu'on le signifie au Prince Régent de telle manière qu'il ne soit pas tenté de garder mes cendres ; après m'avoir assassiné, c'est le moins qu'ils rendent mes cendres à la France, la seule patrie que j'aie aimée, où je désire être enterré. »

Et puis cette précision, en date du 13 avril : « Je viens d'écrire au Prince Régent pour lui demander de

1. Général Bertrand, *Cahiers de Sainte-Hélène*, Albin Michel, 1959.

ne pas garder mes cendres à Londres et de les envoyer sur les bords de la Seine. » Enfin, le 23 avril, cet oracle désabusé à l'adresse du médecin anglais Arnott : « Si vos oligarques me placent à Westminster, je leur prédis que le peuple anglais jurera sur ma tombe l'anéantissement du pouvoir de la Maison de Brunswick et de l'oligarchie. »

Pourquoi Napoléon mourant craint-il à ce point que George IV ne conserve son corps à portée de main ? A-t-il ses raisons pour se méfier du roi d'Angleterre ? Nous verrons, en temps utile, ce qu'il faut penser de ce souverain licencieux et fétichiste, à la fois obsédé par « l'Aigle » et objet de macabres pulsions.

Rappelons auparavant, pour n'y plus revenir, que Napoléon, moins d'un mois après sa défaite à Waterloo, le 18 juin 1815, avait demandé l'asile à l'Angleterre « comme au plus constant de ses ennemis ». Embarqué à bord du *Bellérophon*, il n'avait cependant pas touché le sol britannique, car, transféré le 7 août sur le *Northumberland*, il devait être déporté contre son gré jusqu'à l'îlot accidenté de Sainte-Hélène, dans l'Atlantique sud – à quelque mille huit cents kilomètres des côtes de l'Afrique australe !

On l'y débarqua le 17 octobre, entouré d'un petit nombre de volontaires, dont – entre autres – les comtes Bertrand, de Montholon et de Las Cases, le baron Gourgaud, O'Meara, chirurgien et Marchand, premier valet.

D'abord hébergé dans la famille d'un agent de la Compagnie des Indes, l'empereur déchu s'installa le 10 décembre dans une villa plutôt modeste, sur le plateau de Longwood. Très surveillé à partir du printemps 1816 par le nouveau gouverneur de l'île, sir Hudson Lowe, le « général Bonaparte », comme le traitaient les Anglais, devait bientôt renoncer à sortir de son petit domaine ; il rongeait son frein et manifesta, vers l'automne 1817, les premiers signes d'une hépatite chronique. Fin 1816, Las Cases avait été conduit à quitter Sainte-Hélène, suivi en 1818 par Gourgaud puis O'Meara, et l'année suivante par Mme de Montholon.

L'état de santé de Napoléon, après une amélioration fin 1819, allait connaître, un an plus tard, une dégradation que ne sut pas enrayer le docteur Antommarchi, un médecin corse dépêché exprès de Rome par la mère de l'Empereur. Ainsi l'exilé de Sainte-Hélène mourut-il prématurément, en mai 1821, âgé de cinquante et un ans. De l'aveu unanime, il en paraissait soixante-cinq.

« Je souhaite que la cause de ma mort soit connue », avait stipulé l'ancien empereur avant de mourir. C'était fixer aux historiens une mission bien délicate ; en effet, si les circonstances du décès de Napoléon sont parfaitement connues, sa cause essentielle continue de faire l'objet d'une ardente controverse.

La version officielle – à laquelle s'accrochent contre vents et marées nombre de gardiens du temple – en tient pour des causes naturelles : l'empereur aurait succombé, nous dit ainsi Steven Englund, « à une série de maux généralement liés : une hépatite suivie d'un cancer de l'estomac aboutissant à une ulcération de la paroi stomacale et une diffusion du cancer[1] ». Comment expliquer, dans cette hypothèse cancéreuse, que le patient soit demeuré très gras et même obèse jusqu'à sa dernière heure ? Justement : les tenants de l'orthodoxie ne l'expliquent pas.

Il leur est d'autant plus difficile de résister aux

1. Steven Englund, *Napoléon*, Éditions de Fallois, 2004.

assauts d'une autre thèse, soutenue depuis bientôt un demi-siècle avec un succès grandissant. En particulier, trois chercheurs indépendants, le dentiste suédois Forshufvud dès 1961, puis l'homme d'affaires québécois Ben Weider à partir de 1978, enfin l'économiste français René Maury en 1994, ont versé beaucoup d'arguments au dossier de l'empoisonnement.

Il ne m'appartient pas ici de démêler les raisonnements des uns et des autres ; et même si la thèse du crime me paraît assez digne de s'imposer, la défendre n'est pas l'affaire de ce chapitre.

Ma seule ambition pour le moment est de tenter d'établir si – oui ou non – le corps de Napoléon se trouve actuellement aux Invalides.

J'admets que poser la question dans ces termes, c'est amorcer une réponse ; car personne n'irait sérieusement mettre en doute l'authenticité d'une telle relique, si des faits troublants et concordants n'étaient, depuis le début, venus semer l'incertitude.

Au fond, l'affaire se présente comme la plus belle énigme policière, avec des indices, des témoins, des pistes vraies et fausses… Avec aussi, en la personne de Rétif de La Bretonne, un enquêteur hors pair – une sorte d'Hercule Poirot mesurant l'efficacité de ses « petites cellules grises » aux mystères embrumés de Sainte-Hélène.

LA MISSION DU PRINCE DE JOINVILLE

Napoléon meurt le 5 mai 1821 à Longwood ; il est inhumé le 9 non loin de là, au Val du Géranium (*Sane Valley*), près de la source Torbett. Il n'est nullement question, à cette époque, d'un rapatriement

– Louis XVIII, alors sur le trône, ne compte-t-il pas au nombre des ennemis les plus farouches de l'« usurpateur » ? Certes la chute des Bourbons, en 1830, va modifier la donne politique ; mais la dépouille impériale ne quittera pas Sainte-Hélène pour autant. Et lorsque, en 1840, Louis-Philippe finira par réclamer aux Britanniques les « cendres » de l'Empereur – c'est-à-dire son corps –, il ne le fera jamais que poussé par les circonstances.

En fait, c'est une erreur de courrier qui a tout déclenché. L'ambassadeur de France à Londres, François Guizot, ayant appris « par une lettre mal adressée » que le gouvernement de Sa Gracieuse Majesté envisageait de restituer le corps de Napoléon à ses frères, il en a informé Adolphe Thiers, président du Conseil, qui lui-même a convaincu le roi de présenter une réclamation au nom du peuple français.

Londres, pris de court, peut d'autant moins se défiler que les relations avec Paris sont alors au beau fixe. Les Anglais donnent donc leur accord, et les Français peuvent monter une « expédition des cendres », sous l'autorité d'un des fils du roi, le prince de Joinville, flanqué d'un jeune commissaire diplomatique choisi pour ses penchants anglophiles : Philippe de Rohan-Chabot.

Ainsi la frégate la *Belle-Poule* et la corvette la *Favorite* – cela ne s'invente pas – vont-elles quitter Toulon le 7 juillet 1840. Pour cette grande occasion, elles remmènent à Sainte-Hélène un certain nombre des vieux compagnons d'exil de l'Empereur : évidemment l'ancien grand-maréchal Bertrand, devenu commandant de l'École polytechnique ; mais aussi le baron Gourgaud, promu aide de camp de Louis-Philippe ; l'ancien premier valet Marchand, institué lieutenant de la garde nationale ; ou encore le baron de Las Cases, fils du rédacteur du

Mémorial, bombardé conseiller d'État. Comme on le voit, ces messieurs se sont joliment reconvertis – ce qui n'empêchera pas la plupart de bouder la souscription ouverte en faveur du retour des cendres !

Ne manque guère à l'appel que le général de Montholon, recru de dettes et, de ce fait, réfugié en Angleterre – il participera, le 6 août de cette même année 1840, à la désastreuse tentative de putsch de Boulogne-sur-Mer, fomentée par Louis Napoléon, neveu de l'Empereur.

La vérité oblige à dire que l'« expédition des cendres » a pris d'entrée de jeu un tour étrange. Comment justifier, notamment, qu'une mission si solennelle, et qu'on aurait pu croire entourée d'un certain recueillement, multiplie les escales festives – à Cadix, Madère, Ténériffe et Bahia – assorties de banquets et de réjouissances ? Comment admettre qu'au passage de l'équateur les amusements d'usage aient pris, sur la *Belle-Poule*, les allures d'un véritable bal masqué ?

Le 8 octobre, les navires du prince de Joinville atteignent enfin Sainte-Hélène. Surprise : en rade de Jamestown, les attend un brick français, l'*Oreste*, parti de Cherbourg trois semaines après eux et cependant arrivé depuis la veille ! Son capitaine est porteur d'un mystérieux paquet de « six lettres », si l'on en croit l'abbé Coquereau[1] – Rohan-Chabot, lui, soutiendra qu'il « n'apportait aucun pli »[2]. Lequel de ces deux témoins a-t-il le plus de raisons de mentir ?

1. Cité par Bruno Roy-Henry dans *Napoléon, l'énigme de l'exhumé de Sainte-Hélène*, L'Archipel, 2003.

2. René de Chambrun, *Les Cinq Cercueils de l'Empereur, souvenirs inédits de Philippe de Rohan-Chabot, commissaire du roi Louis-Philippe*, France-Empire, 1985.

Soyons sérieux : si le gouvernement français a dépêché sur place un vaisseau rapide, c'est qu'un message d'importance devait parvenir aux chefs de la mission avant qu'ils ne rencontrent les autorités de l'île. En quoi réside ce message ? Personne ne le sait au juste ; mais il certain que les relations franco-britanniques viennent de se crisper brusquement autour de la question égyptienne, et que M. Thiers a désormais le plus grand intérêt à éviter tout motif de brouille avec l'Angleterre. S'est-il contenté d'appeler ses émissaires à un redoublement de courtoisie ? Ou bien est-il allé plus loin, en leur demandant, par exemple, d'approuver – quoi qu'il arrive – tout ce que proposeraient les Anglais ?

L'Histoire ne le dit pas.

Ce qui est sûr, en revanche, c'est que le prince de Joinville, du jour au lendemain, durcit considérablement son attitude. Il ne délivre plus qu'au compte-gouttes les autorisations de débarquer, et consigne à bord l'essentiel des équipages. Lui-même va finalement refuser d'assister à l'exhumation !

De leur côté, les autorités de Sainte-Hélène font preuve d'une rigueur draconienne. Les Français se voient notamment notifier qu'aucun ordre n'est parvenu de Londres, en vue d'une éventuelle ouverture de la bière impériale. Et il faudra des heures à Joinville et Rohan-Chabot pour obtenir cette concession élémentaire.

Pire : les autorités britanniques exigent d'assurer seules, sans le moindre soutien français, les opérations d'exhumation ; or celles-ci commenceront à minuit – ce qui est pour le moins étrange – et les témoins présents seront réduits au minimum et tenus à six pas de la bière ! De surcroît, tout dessin, tout cliché photographique sera strictement proscrit – alors même que la *Belle-Poule* avait embarqué un dessinateur officiel, ainsi qu'un daguerréotype et quantité de plaques…

De moins suspicieux que moi se poseraient, je crois, la question : « Mais qu'ont-ils donc à cacher, ces Anglais, pour déployer un tel luxe de précautions ? »

Du reste, un membre de l'expédition, l'enseigne de vaisseau Pujol, devait s'interroger à chaud, dans son journal : « Pourquoi ce mystère ? Pourquoi ce petit nombre de Français présents à une si importante opération ? Pourquoi donc un seul chirurgien présent ? Pourquoi les médecins des [autres] navires n'ont-ils pu porter leur avis pour l'assainissement du corps et les moyens de conservation jusqu'en France[1] ? »

Autant de questions qui – je deviens coutumier de l'antienne – resteront sans réponse.

L'exhumation elle-même a lieu le 15 octobre.

Commencées au cœur de la nuit, les opérations vont se prolonger jusqu'au milieu de la journée. Il pleut. On a transféré la bière impériale sous une tente ronde assez vaste, installée pour l'occasion au Val du Géranium. Plusieurs cercueils sont emboîtés les uns dans les autres – je vais y revenir.

Lorsque, après bien des efforts, les ouvriers anglais parviennent à découper la soudure du dernier d'entre eux, l'assistance retient son souffle. Rohan-Chabot : « On aperçoit tout d'abord une sorte de tissu blanchâtre qui empêche le corps d'être vu. C'est le satin capitonné qui, suivant la coutume en usage aux Indes,

1. Cité par Georges Rétif de La Bretonne in *Anglais, rendez-nous Napoléon…, Napoléon n'est pas aux Invalides*, Jérôme Martineau, 1969.

forme une sorte de garnissage. Le médecin en soulève une des extrémités et, la tirant à lui, découvre le corps de Napoléon. »

Le général Bertrand, précise le diplomate, « fait un bond involontaire » ; plusieurs témoins se mettent à pleurer. Ce qui stupéfie tout le monde, c'est que le corps, que l'on avait enseveli dans un état de décomposition avancé, se présente au contraire parfaitement conservé – près de vingt ans après –, la peau gardant même « cette couleur particulière qui est propre seulement à la vie ».

Comment expliquer un tel miracle ? Par le caractère hermétique du dernier cercueil, disent les uns ; par la formation, à la surface du cadavre, d'une couche d'adipocire, enchérissent les autres. Soit… Mais si l'absence d'oxygène permet certes de stopper la putréfaction, on n'a jamais vu qu'elle puisse inverser le processus et reconstituer des tissus déjà défaits ! Quant à l'adipocire, n'est-elle pas censée donner au cadavre une teinte brunâtre assez éloignée de « cette couleur particulière qui est propre seulement à la vie » ? Comprenne qui pourra…

Déjà, certains assistants s'approchent de la bière ouverte et parlent de soulever le corps et de sortir les vases d'argent contenant les viscères.

Coup de théâtre : le général Gourgaud s'interpose. « Je ne pus m'empêcher de crier que c'était bien là l'Empereur, racontera-t-il, qu'il n'y avait aucun doute, que tenir le cercueil ouvert plus longtemps était manquer de respect à ses cendres[1]. »

Je me demande, en la circonstance, ce qui, de l'incu-

1. Cité par Bruno Roy-Henry, *op. cit.*

riosité de Gourgaud ou de la vigilance de ses compagnons, attentait le plus au respect du défunt… Et je rappellerai au passage qu'en mai 1821, lors de la mort de Napoléon, l'impulsif Gourgaud se trouvait de retour en France depuis trois ans déjà… En tout cas, l'aide de camp de Louis-Philippe aura, par cette intervention pressante, empêché tout examen approfondi ; le cercueil sera vite refermé ; son contenu n'aura été visible qu'un peu moins de deux minutes.

Un peu moins de deux minutes…

LES SURPRISES DE 1840

Pendant ce court laps de temps, les témoins de l'exhumation n'en ont pas moins relevé un grand nombre de détails. Une chance pour nous : quatre d'entre eux – Las Cases fils, Gourgaud, le docteur Guillard et Rohan-Chabot – les ont consignés avec minutie. Ce sont leurs notations que Georges Rétif de La Bretonne a eu l'idée fertile de comparer aux témoignages relatifs à l'inhumation – dix-neuf années et demie plus tôt. Avec un résultat sidérant, puisque l'on constate, de bout en bout, un nombre inouï de différences.

C'est ici que notre Hercule Poirot se lisse la moustache.

Tout d'abord, comment se présente la bière au sein du caveau ? Au printemps 1821, lors de l'inhumation, elle était isolée du fond par deux gros madriers, pour être préservée de l'humidité (témoignages de Marchand et Antommarchi). À l'automne 1840, lors de l'exhumation, elle repose à même la terre, au point d'y avoir laissé une forte empreinte ; du reste, les sangles et les cordages qui ont servi à la mettre – ou remettre – en terre sont demeurés sous la bière, simplement coincés par son poids.

Cela suppose que l'on ait bel et bien, entre 1821 et 1840, ouvert le caveau et manipulé son contenu.

Ensuite, les cercueils eux-mêmes se présentent différemment : en 1821, le procès-verbal établi par le grand-maréchal évoquait trois cercueils imbriqués ; de l'extérieur vers l'intérieur : un premier en acajou, un deuxième en plomb, un troisième en fer-blanc. On en compte quatre en 1840 : un premier en acajou, un deuxième en plomb, un troisième en acajou et un quatrième en fer-blanc qui, du reste – et fort curieusement –, porte des traces importantes d'oxydation. De surcroît, le plancher du cercueil, qui était brut au moment de l'enterrement, se trouve garni de velours près de vingt ans plus tard !

La question du nombre des cercueils a suscité de longs débats. Les contradicteurs de Rétif de La Bretonne – à commencer par le colonel Mac-Carty, ancien conservateur au musée de l'Armée – ont soutenu que, dès 1821, l'on dénombrait bien quatre cercueils et non trois. À l'encontre de la version à chaud cosignée par Bertrand, Montholon et Marchand, ils produisent les souvenirs d'Antommarchi, parus en 1825 sous le titre *Les Derniers Moments*, ainsi que des témoignages des Anglais Darling et Darroch, publiés respectivement en 1851 et 1904, et dont les originaux sont introuvables.

Bruno Roy-Henry, qui aime aller au bout des choses, a émis une hypothèse intéressante à ce sujet : il se pourrait bien, explique-t-il, que le cercueil intérieur, de fer-blanc, n'ait été qu'une feuille de métal soutenue par une caisse en bois – sans couvercle – comptée par certains au nombre des cercueils, omise par d'autres ; ce qui accorderait tous les témoignages quant au nombre

– mais ne règle en rien la question du second cercueil d'acajou.

Lorsque l'on en vient au découpage du cercueil de fer-blanc et qu'apparaît le précieux contenu, les dissemblances sont encore plus criantes. De la tête aux pieds, cette fois tout diffère.

En 1821, le défunt avait été rasé entièrement, de barbe et de cheveux. Sa bouche, fermée peu après la mort à l'aide d'une mentonnière, était close (témoignages de Bertrand, Montholon et Marchand). En 1840, la tête présente des cheveux – au point que l'on puisse en prélever une mèche entière – ainsi qu'une barbe « de près d'une demi-ligne », soit deux millimètres ; quant à la bouche, elle est entrouverte et laisse apparaître « trois dents d'une grande blancheur » ; celles de l'Empereur étaient pourtant du plus vilain aspect…

La tenue dans laquelle se présente le corps a beaucoup changé, elle aussi. Lors de l'inhumation, Napoléon portait le grand cordon de la Légion d'honneur, avec sa croix, en sautoir sur l'habit (Marchand, Ali et Antommarchi) ; en 1840, le grand cordon, sans croix, est passé sous l'habit ! On ne constate plus, au revers, que deux décorations, l'ordre de la Réunion s'étant comme volatilisé. Quant au chapeau, le bicorne bien connu, il s'est hissé insidieusement des pieds aux cuisses, en perdant sa cocarde au passage. « Effet des manipulations ! » lancent certains experts. Oui, peut-être… Mais je dois dire que personne, lors de l'exhumation, n'a jamais mentionné le plus léger désordre affectant l'ordonnancement funèbre.

Le plus troublant hiatus est encore à venir : il concerne les pieds du cadavre. En 1821, l'Empereur était chaussé de bas de soie blanche et de bottes « à l'écuyère » – de celles que portaient les cavaliers – garnies d'éperons d'argent (Bertrand, Marchand, Ali et Antommarchi !). Comment expliquer qu'en 1840 les bas aient purement et simplement disparu, et que les bottes, désormais sans éperons, aient été symétriquement décousues, au point de laisser dépasser quatre orteils de chaque pied ?

Je précise, à toutes fins utiles, qu'il n'a jamais été question, dans aucun témoignage, d'ongles qui, en poussant *post mortem*, auraient crevé le cuir des bottes ! Cette légende, véhiculée parfois par de vénérables professeurs, ne repose absolument sur rien.

Dans la mesure où ces comparaisons portent sur des témoignages – discutables par essence, quoique recoupés –, je puis admettre à la rigueur une certaine réticence des historiens officiels à leur égard. Honnêtement, je l'admettrais plus volontiers encore si les écarts constatés n'affectaient que deux ou trois détails.

Mais devant l'accumulation des différences, devant ces discordances tous azimuts, comment ne pas confesser un trouble ?

Pour ma part, je trouve une bonne dose de suffisance à ceux qui, de nos jours encore, se contentent de balayer autant de questions du revers de la main.

Le cas des vases d'argent contenant les viscères du mort est un exemple parlant de l'espèce de cécité où se complaisent certains jusqu'au-boutistes.

Antommarchi raconte qu'au moment de l'inhumation il les avait placés dans les angles du cercueil, de part et d'autre des chevilles du défunt. Or, au moment de l'ouverture, on les retrouve situés entre ses jambes – des jambes que l'on a dû plier légèrement, sans doute pour faire entrer le corps dans un espace un peu trop exigu.

Comment expliquer un tel déplacement ?

« Par les heurts inhérents aux manœuvres d'inhumation et d'exhumation ! » s'égosillent les plus récalcitrants. On aimerait leur demander par quelle magie les vases, dans un tel bousculement, seraient venus se placer d'eux-mêmes, bien sagement, entre des jambes écartées à cet effet ! « – Mais non, rectifient de plus avisés. En fait, ce sont les croque-morts eux-mêmes qui, au moment de fermer le cercueil – donc le 7 mai 1821 à 19 heures –, ont dû, à l'insu d'Antommarchi, modifier la position des jambes et la place des vases d'argent… » Voilà déjà une explication plus raisonnable, et qui serait même crédible – n'était la rigidité cadavérique qui, dans les deux à trois jours suivant le décès, est censée rendre impossible ce genre de manipulation.

Combien de temps se maintient cette rigidité cadavérique ? Trois, quatre jours au plus… Les médecins légistes savent bien qu'elle s'atténue d'abord, pour disparaître par la suite. D'où l'énoncé d'un premier paradoxe, digne du grand détective belge : « Si une personne a pu fléchir les jambes du corps exhumé en 1840, c'est qu'elle y a eu accès plus de trois jours après sa mort. »

Or, la fermeture du cercueil de l'Empereur est intervenue après deux jours seulement.

UN MASQUE DE TROP

Une objection de taille s'admettrait parfaitement à ce stade : si la bière a été ouverte entre 1821 et 1840 et si, plus étonnant encore, on a modifié son contenu, comment expliquer qu'aucun des témoins de l'exhumation n'en ait manifesté de la surprise et de l'indignation ?

Tout de même, dix-huit Français sont présents, le

15 octobre 1840, parmi lesquels plusieurs compagnons d'exil de l'Empereur ! Et aucun ne broncherait ?

Passe pour Gourgaud ou le fils Las Cases, rentrés de Sainte-Hélène longtemps avant la mort de Napoléon. Passe encore pour le fils du grand-maréchal, Arthur, qui n'était alors âgé que de quatre ans… Passe enfin – peut-être – pour les serviteurs subalternes : Noverraz, Archambault, Pierron, Coursot, Saint-Denis (le mameluk Ali)… Mais Bertrand lui-même, mais Marchand, le fidèle Marchand ! Eux étaient en première ligne lorsque l'Empereur est mort et qu'ils l'ont enterré – Bertrand a même dressé de sa main le procès-verbal de mise en bière.

Si le corps issu du tombeau n'est pas celui qu'ils y avaient enfoui, on imagine quel choc ils ont dû subir au moment de l'ouverture.

Pourtant, personne alors n'émettra la moindre contestation.

Certes, les diverses relations de l'événement, et notamment celle de Rohan-Chabot, font état d'un mouvement d'émotion au moment du dévoilement du cadavre ; et l'on pourrait mettre certains sursauts, certains sanglots, certaines larmes, sur le compte d'une stupéfaction tue ou d'une sourde révolte… N'est-ce pas aller un peu loin, toutefois, dans l'interprétation ?

Si j'étais cynique, je soulignerais les intérêts bien compris de ces messieurs : lorsqu'on préside aux destinées de l'École polytechnique, comme Bertrand, ou que l'on a l'honneur de servir dans la garde nationale fraîchement reconstituée, comme Marchand, l'on est forcément moins enclin à commettre un esclandre gratuit… Mieux : je pourrais rappeler la situation de crise avec l'Angleterre, et invoquer le message apporté *in extremis*, toutes voiles dehors, par l'*Oreste* – mais nous ignorons sa teneur exacte.

Rétif de La Bretonne, pour sa part, expliquait tout autrement le mutisme des grands témoins de 1840.

Selon lui, si Bertrand et Marchand – en dépit de leur haute légitimité – se sont tus, c'est qu'ils s'étaient mis tout seuls dans une situation impossible, et avaient eux-mêmes armé le piège où ils se trouvèrent pris.

Pour le comprendre, il faut ouvrir un nouveau dossier – véritable affaire dans l'affaire – et se pencher un moment sur le destin chaotique du masque mortuaire de Napoléon. Cela pourra paraître un tantinet fastidieux à certains lecteurs ; je les prie de ne pas sauter, pour autant, les pages qui vont suivre ; car la solution de toute l'énigme pourrait bien s'y trouver.

Les collectionneurs de souvenirs impériaux le savent : il existe plusieurs modèles de l'empreinte du visage de Napoléon défunt. Or, parmi ces modèles, deux au moins sont, concurremment, tenus pour authentiques. Ce qui fait un de trop…

Le plus répandu est aussi le plus officiel ; c'est le masque dit *Antommarchi*, du nom de son auteur, le médecin corse envoyé à Napoléon par sa mère et son oncle. Diffusé dans le public en 1833, il comporte plusieurs versions aux noms barbares.

Les yeux clos et la bouche entrouverte laissant apparaître trois dents, avec un nez en bec d'aigle sur des traits émaciés : ce masque peut rappeler, par certains aspects, la figure un peu sèche du jeune Bonaparte au pont d'Arcole, telle qu'elle apparaît sur la toile de Gros.

Mais cela concédé, le *masque Antommarchi* s'écarte par ailleurs de la physionomie si connue de Napoléon.

Le front en est étroit, les pommettes, saillantes, le menton, fuyant – un comble ! Les mensurations elles-mêmes se dérobent ; ainsi, alors que le fidèle valet de chambre Constant nous indique, pour son maître, un tour de tête de vingt-deux pouces (59,65 centimètres), celui du crâne reconstitué par Antommarchi est d'à peine plus de vingt pouces, dix lignes (56 centimètres).

Mais il se trouvera bien quelque acharné pour prétendre qu'à Sainte-Hélène, le crâne de l'Empereur ait pu rétrécir !

Beaucoup plus ressemblant – et tellement plus conforme à ce que l'on sait de l'état de Napoléon sur son lit de mort – nous apparaît le second modèle, connu sous le nom de *RUSI mask*, car il a été propriété du Royal United Service Institute (RUSI) de Londres.

Soustrait des collections du RUSI en 1972-1973, rebaptisé « masque Corso » après sa réapparition en 1986, il devait trouver acquéreur en vente publique, le 2 décembre 2004 à New York, pour onze mille dollars.

Visage carré, traits affaissés, lèvres pincées, menton relevé… Cette fois, ce sont bien là les traits de l'Empereur.

Bruno Roy-Henry, mettant à profit de nouveaux moyens de traitement de l'image, s'est appliqué à superposer les traits du *RUSI mask*, de face et de profil, avec ceux de plusieurs portraits de l'Empereur vieillissant, ainsi qu'avec les photographies de membres de sa famille réputés pour leur ressemblance avec le grand homme : spécialement le comte Walewski, son fils naturel, et son neveu Jérôme, dit Plon-Plon. Le résultat est plus que probant, de par la concordance parfaite de tous les éléments structurants.

Sans être un grand physionomiste, il suffisait du reste de comparer les deux masques pour constater à l'évidence que le second – le *RUSI mask* – a conservé, certes déformés par la mort, les traits et, au-delà même, l'expression du visage de Napoléon ; alors que le premier – le *masque Antommarchi* – s'en distingue très nettement.

Eh bien – même si les opinions évoluent sur la question – cela n'a pas empêché la majorité des spécialistes de tenir longtemps le *masque Antommarchi* pour la seule empreinte mortuaire authentique de l'empereur Napoléon Ier !

DE LA SUBSTITUTION DES MASQUES…

Revenons au déroulement des opérations.

Le lendemain de la mort de l'Empereur, le 6 mai 1821 au matin, le gouverneur Lowe suggère au docteur Antommarchi de prendre une empreinte de l'auguste visage. Le praticien se défile, arguant de la piètre qualité du plâtre disponible sur l'île.

Le lendemain après-midi, 7 mai, un médecin anglais, le docteur Burton, apporte à Antommarchi un plâtre convenable ; le Corse n'en maintient pas moins son refus – ce qui ennuie Mme Bertrand, désireuse de procurer cette ultime consolation à la mère et au fils de l'Empereur. C'est elle, du reste, qui va inviter le docteur Burton à se substituer à son confrère. Une empreinte est finalement prise vers 16 heures, ce même 7 mai.

Il y a deux jours, alors, que l'Empereur est mort. « Il est regrettable, écrira le mameluk Ali, que l'on n'ait pas songé plus tôt à prendre le masque, car le 7 mai, les chairs étaient devenues trop molles pour obtenir une empreinte régulière des traits. » Et c'est un fait qu'à cette heure, le défunt est déjà « tout défiguré » (Bertrand).

Précisons qu'Antommarchi aidera tout de même Burton à prendre les empreintes du sommet, puis de l'arrière du crâne.

Le lendemain matin, on coule en plâtre les éléments du futur buste. Le résultat fait la désolation de ceux qui le contemplent : « Le plâtre qui a été fait a un caractère vieillardé par l'affaissement des chairs », se lamente ainsi Marchand.

Burton laisse les trois blocs de plâtre sécher sur la cheminée du salon ; mais quand il revient à Longwood, le lendemain 9 mai, c'est pour constater la disparition du bloc facial : Mme Bertrand, lui dit-on, s'en est tout bonnement emparée !

Par la suite, le praticien anglais aura beau supplier, menacer, protester auprès du gouverneur, avertir les douanes et jusqu'au cabinet de Londres, enfin saisir la justice britannique, ce moulage de la face de Napoléon mort ne lui sera jamais restitué.

Après avoir un temps confié le fruit de son larcin au docteur Antommarchi, Mme Bertrand le récupère et, depuis Londres, le fait parvenir, à Rome, à la mère de l'Empereur qui, horrifiée par sa laideur, le confie aussitôt à son frère, le cardinal Fesch, pour s'en débarrasser.

Encore une fois, ces détails peuvent paraître ennuyeux ; mais ils sont nécessaires à la résolution de l'énigme.

En septembre 1821 – soit quatre mois après la mort de l'Empereur –, le docteur Antommarchi se rend lui-même à Rome. Il emporte dans ses bagages plusieurs variantes d'une nouvelle empreinte qui, présentée comme la précédente à la mère de l'Empereur, obtient cette fois son agrément et se trouve par là même « labélisée ». C'est cet objet que l'on appellera désormais *masque Antommarchi*.

Visage en lame de couteau, traits vigoureux et presque juvéniles… Où est l'« affaissement » de chairs « devenues trop molles », où est le « caractère vieillardé » d'un faciès « tout défiguré » ?

On aura compris que le nouveau masque est un faux de complaisance, élaboré pour laisser à la postérité l'image immarcescible d'un conquérant, et non celle d'un gros homme en piteux état, vieilli avant l'âge.

Première question : qui a eu l'idée de cette substitution de moulages ?

Mme Bertrand, répond Rétif de La Bretonne, et avec elle le petit cercle des rapatriés de Sainte-Hélène. Il s'agissait de disposer d'un masque présentable à fournir au jeune duc de Reichstadt, fils unique de l'empereur défunt.

Seconde question : sur qui a donc été moulé ce masque de remplacement ?

De la réponse découle toute la théorie de Georges Rétif de La Bretonne. J'ai bien dit la « théorie » et non la démonstration.

Si l'on en croit Rétif, le masque Antommarchi serait l'empreinte mortuaire de Jean-Baptiste Cipriani, dit Franceschi, un Corse « élevé dans la maison de l'Empereur » (Marchand), et qui lui servait à Longwood de maître d'hôtel ! Une sorte d'ami de la famille, pour Napoléon, comme un jeune parent éloigné qui aurait eu sa tendresse ; mais un parent infidèle et qui l'avait trahi

– au point de perdre la confiance de l'Empereur et de n'avoir plus d'autre choix que la mort. En février 1818, le suicide de Cipriani, à l'arsenic, aura sans doute été le pire drame des « années Longwood » ; et le voile de mystère qui plane encore sur l'événement traduit la gêne qu'il a pu susciter, jusqu'à nos jours, dans certains cercles.

L'empreinte du visage aurait été prise par le chirurgien O'Meara qui l'aurait cédée au Suisse Noverraz, chasseur de l'Empereur et ami du défunt. C'est du reste Noverraz qui aurait confié cette empreinte aux Bertrand, comme base pour leur faux masque de Napoléon.

Le faussaire, Antommarchi, en aurait d'abord tiré un buste de cire – le futur *masque Noverraz* retenant, prisonniers, de nombreux poils de barbe ! Puis il en aurait fait des moulages de plâtre, plus ou moins remaniés.

Antommarchi offrit le plus réussi à Madame Mère, flattée par la prestance de ce nouveau masque, et disposée dès lors à se prêter au petit jeu des Bertrand… C'était compter sans l'ex-impératrice Marie-Louise, totalement opposée à la supercherie – et qui la fit capoter.

En 1832, la mère de l'Empereur n'avait plus qu'à offrir son buste, devenu inutile, à la Ville d'Ajaccio. Et c'est dans la foulée qu'Antommarchi, profitant de l'aubaine, lancera la souscription de 1833 – qui devait tant contribuer à diffuser le masque portant son nom.

Coup de théâtre : sept ans plus tard, le 15 octobre 1840, deux des témoins de l'exhumation devaient se rapporter au *masque Antommarchi* pour décrire les traits du cadavre. Selon ces ravis de la crèche – le général

Gourgaud[1] et le valet Ali[2] –, la ressemblance entre le visage du mort et son empreinte désormais célèbre était donc notable…

Faut-il en conclure que le corps extrait du Val du Géranium n'était autre que celui du maître d'hôtel ? Rien ne le certifie ; mais c'est bien ce que pensait Georges Rétif de La Bretonne – et ce qu'il allait s'appliquer à clamer avec une louable constance.

… À LA SUBSTITUTION DES CORPS

Je n'hésite pas à le redire : à mesure que nous suivons Rétif sur les sentes escarpées de son raisonnement, nous prenons de la distance avec les faits avérés et nous nous rapprochons d'une version sagace et fine, certes, mais étayée sur des éléments de plus en plus ténus.

Voici donc, résumée, l'hypothèse formulée par notre détective à partir des éléments épars, innombrables, dont il disposait.

En 1827, le chirurgien O'Meara aurait été envoyé à Sainte-Hélène afin de procéder à la préparation d'un corps pouvant être substitué à celui de Napoléon. Il aurait fait procéder à l'exhumation discrète du maître d'hôtel Cipriani, enterré neuf ans plus tôt sur le domaine du gouverneur, à Plantation House, et l'aurait découvert – du fait de la quantité d'arsenic absorbée – dans un excellent état de conservation.

O'Meara s'est muni de la seule tenue complète et authentique de Napoléon, alors en possession de son gouvernement : cet uniforme des chasseurs de la Garde,

1. Gourgaud, *Le Retour des cendres de l'empereur Napoléon*, Arléa, 2003.

2. Ali, *Journal inédit du retour des cendres*, Tallandier, 2003.

récupéré par les Prussiens à Waterloo dans la voiture de l'Empereur en fuite, et offert par eux au futur George IV. On y trouve, outre l'uniforme lui-même, avec seulement deux décorations et le grand cordon sans croix – en campagne, on passait le cordon sous l'habit –, un chapeau dont Marchand a précisé qu'il en avait ôté la cocarde, et des bottes sans éperons – les éperons d'argent ayant été transférés, la veille de la prise, sur une autre paire de bottes…

Autant dire qu'il s'agit exactement de l'inventaire dressé par les témoins de l'exhumation de 1840.

Sorti de son cercueil, Cipriani est éviscéré, et les organes ainsi récupérés placés dans deux vases, soustraits à un service impérial en argent saisi à Waterloo, lui aussi. O'Meara, connaissant la cause du décès de son ancien client, profite de l'éventrement pour soustraire de ses intestins une partie perforée, trop visiblement due à un empoisonnement. Trouvant le cas intéressant, l'Irlandais en fera don au Collège royal des chirurgiens d'Angleterre, dont il est membre.

Vêtu des oripeaux de Waterloo, le cadavre est ensuite placé dans un simple cercueil de fer-blanc ; sa grande taille oblige à lui plier un peu les jambes, de même que sa pointure, supérieure à celle de l'Empereur, a rendu nécessaire l'ouverture au couteau du bout des bottes. Puis le cercueil de fer-blanc est réinhumé directement dans la fosse.

D'où ces traces de rouille que l'on relèvera en 1840.

Je précise, à toutes fins utiles, que cette reconstitution est bâtie sur des éléments vérifiables ; la seule chose que ne dise pas l'Histoire, c'est à quelle date O'Meara serait revenu à Sainte-Hélène.

En 1828 – et cette fois la date est connue –, sir Hudson Lowe, qui depuis trois ans dirige les troupes britanniques dans l'île de Ceylan, reçoit l'ordre de rentrer en métropole, en faisant une escale à Sainte-Hélène. Il y restera quatre à cinq jours, juste le temps de faire déterrer Napoléon et de placer dans son caveau, à sa place, le cercueil de Cipriani « déguisé », réinséré pour la circonstance dans une bière de qualité.

Le nombre et l'ordre des cercueils auraient été repris par le menuisier local sur un projet signé Montholon, remontant à 1821 ; cette note prévoyait d'abord quatre cercueils (dont deux en acajou) ; devant la pénurie de bois précieux, l'on n'avait finalement pas réalisé la troisième enveloppe... En 1828, le projet est en revanche respecté à la lettre.

D'où les quatre cercueils.

Au Val du Géranium, la bière de Napoléon est donc extraite du caveau, et placée sur le corbillard de 1821, que Lowe a reçu pour mission d'escorter jusqu'à Londres. Pour la circonstance, de grands rideaux noirs frangés ont été installés sur cette voiture, ainsi du reste que des plumets de même teinte. Et pour éviter que la bière ne glisse pendant la traversée, on l'a calée à l'aide de tasseaux cloués sur la plate-forme.

Le caveau est ensuite nettoyé – on en retire notamment les madriers –, puis la bière de Cipriani y est descendue. L'absence des madriers obligera les fossoyeurs à laisser les sangles et les cordages avec elle, dans le caveau.

« Et c'est ainsi, conclut Rétif-Poirot, que par une nuit noire, dans le brouillard de Londres, le corbillard de l'Empereur déposa à Westminster son glorieux fardeau qui repose, anonyme, depuis cette époque sous une dalle de l'Abbaye, le "Undercroft", sa dernière prison[1]. »

« La seule chose à craindre est que les Anglais ne veuillent garder mon cadavre et le mettre à Westminster »…

Si l'on prête une once de crédit à l'hypothèse Cipriani, il faut que les compagnons d'exil de l'Empereur aient reconnu leur ancien commensal dans le cadavre offert à leurs regards exorbités, le 15 octobre 1840. Mais on peut admettre, dans ce cas, qu'ils n'aient osé réagir : n'avaient-ils pas, eux-mêmes, contribué de tout leur poids à faire passer le masque mortuaire de Cipriani pour celui de l'Empereur ?

Le scénario reconstitué par notre détective est tellement limpide, si bien huilé, qu'on en oublierait presque la multitude de croisements et de recoupements sur laquelle il s'appuie.

Un exemple, toutefois.

Le professeur René Leriche, célèbre physiologiste introducteur en France de la chirurgie douce, a raconté qu'en 1927, au cours d'une réception officielle à Londres, le président du Collège royal des chirurgiens d'Angleterre l'avait soudain pris à part pour lui montrer « quelque chose de rare ». Et de lui mettre sous les yeux un bocal contenant un morceau d'intestin perforé, censé provenir de Napoléon !

Personne, devait préciser le président, n'avait encore pu voir cette pièce rarissime : une clause spéciale de dépôt exigeait en effet qu'on la tînt secrète pendant exactement cent ans. Or, si l'on retire cent ans à 1927…

1. Georges Rétif de La Bretonne, *op. cit.*

Voilà – rapidement énoncée – la raison qui a conduit Rétif à situer en 1827 la mission si particulière d'O'Meara.

LA PREUVE PAR LE CORBILLARD

Reste à déterminer la raison qui aurait pu pousser Londres à se donner tant de mal pour substituer le corps de Cipriani – ou de tout autre d'ailleurs – à celui du « général Bonaparte ».

Le premier motif, communément invoqué, est celui de l'empoisonnement. Si les Anglais, de près ou de loin, ont en effet contribué à pousser l'Empereur dans la tombe, ils pouvaient avoir des raisons de vouloir escamoter le corps du délit. Certes…

Mais outre que personne n'a pu prouver, à ce jour, la participation active des autorités britanniques à un empoisonnement lui-même encore hypothétique, on ne voit pas l'intérêt, pour les auteurs du crime supposé, de substituer au corps de leur victime celui d'un individu notoirement décédé des suites d'une intoxication massive à l'arsenic ! Cet argument-là ne tient pas.

Mais alors, quel intérêt les Anglais pouvaient-ils bien nourrir à conserver pour eux le cadavre de leur pire ennemi ?

Quel intérêt, je n'en sais rien ; mais je vois bien, en revanche, quelle satisfaction cela pouvait représenter. Sinon pour tous les Anglais, du moins pour le premier d'entre eux : ce nouveau roi George IV que Napoléon s'est obstiné à nommer « Prince Régent », même après qu'il fut monté sur le trône. Évidemment, nous entrons là dans le domaine flottant des manies psychologiques, et je comprends que la plupart des historiens répugnent à y mettre les pieds. Je le comprends, mais je le regrette.

Retors, pervers, obsessionnel, ouvertement thanatophile, l'extravagant George IV avait de surcroît développé, depuis toujours, une sorte de fascination-répulsion à l'égard de Napoléon. Que cet amateur de momies ait personnellement souhaité – pour des motifs bien peu politiques au fond – agréger le corps de celui qu'il appelait l'« ogre corse », le « tyran français », le « boucher de l'Europe » à sa collection de curiosités morbides, il n'y a là, me semble-t-il, rien que de plausible.

Je puis sans peine imaginer les soupirs et les gesticulations de tous ceux qui, cramponnés à la vérité officielle, refusent catégoriquement la moindre supposition un peu audacieuse. Non seulement je les imagine, mais pour un peu je les comprendrais. C'est une chose, en effet, d'élaborer une version des événements cohérente et crédible ; c'en est une autre d'apporter une preuve de la véracité de cette version. Avec un peu de logique et beaucoup d'imagination, ne serait-il loisible à chacun, sur d'innombrables sujets, de renverser le sens de l'histoire et de faire dire à peu près tout et son contraire à des faits par ailleurs irréfutables ?

Attention : je ne dis pas que la théorie de Rétif soit éloignée de la vérité ; je rappelle simplement que rien de vraiment incontestable ne vient la corroborer.

Et j'ajoute que ce n'est pas du tout l'essentiel.

Car le plus important, dans cette affaire, est d'avoir mis en évidence l'épais mystère pesant sur le Val du Géranium comme un brouillard austral. Des madriers qui se volatilisent, un cercueil d'acajou qui fait des petits, des vases d'argent qui se promènent tout seuls, un cadavre qui change de tenue et découd tranquillement ses bottes…

Que faut-il de plus aux sceptiques, pour les amener à reconnaître que la sépulture a été violée et son contenu, manipulé entre mai 1821 et octobre 1840 ?

Ce qu'il leur faut de plus ? « Une preuve ! » répondent-ils en chœur.

Eh bien la voici. Une belle et forte preuve matérielle.

Nous la devons non pas à Rétif, mais à son fidèle continuateur, Bruno Roy-Henry.

Ce Rochelais, lors d'une visite au Musée napoléonien de l'île d'Aix, avait repéré, parmi d'autres glorieuses reliques, un pan entier du cercueil embarqué sur la *Belle-Poule*, à Sainte-Hélène, le 17 octobre 1840. Remis solennellement au général Gourgaud, ce beau morceau d'acajou est muni d'un certificat de la main de l'ancien officier d'ordonnance de l'Empereur.

Précisément, il s'agit de toute l'extrémité, côté pieds, du cercueil extérieur – ce qui nous permet de connaître, au millimètre près, la largeur de la bière à sa base. En l'occurrence : 37,5 centimètres.

Avec quoi comparer ce gabarit ?

C'est ici que l'érudition offre des ressources qu'aucun chercheur classique n'aurait à sa disposition. Bruno Roy-Henry s'est rappelé que le corbillard rapporté de Sainte-Hélène par sir Hudson Lowe en 1828 – offert à la France par la reine Victoria en 1858, et déposé depuis lors aux Invalides, puis à la Malmaison où il est aujourd'hui –, que cette voiture assez modeste au demeurant comportait, clouée sur la plate-forme, des réglettes destinées à caler la bière de l'Empereur.

Lesdits tasseaux avaient-ils été ajoutés en 1828, en prévision d'une longue croisière vers l'Angleterre ? Soucieux d'éviter toute polémique, je resterai prudent sur ce point.

Ce qui compte, c'est que ces réglettes nous indiquent – elles aussi avec la plus grande précision – la dimension du cercueil d'acajou. Cotes prises, l'écartement intérieur à la base est de 34,9 centimètres.

Comment voulez-vous, dès lors, loger les 37,5 centimètres du cercueil de 1840 dans les 34,9 centimètres indiqués par les tasseaux ? Voilà bien ce que l'on appelle une preuve matérielle : le cercueil d'acajou exhumé en 1840 n'est pas celui dans lequel on avait inhumé l'empereur Napoléon Ier en 1821 !

Que certains, en dépit de telles démonstrations, continuent de s'arc-bouter sur leurs vieilles lunes, voilà qui ne concerne qu'eux-mêmes.

« QUELQUE CHOSE DE MANQUÉ »

À l'automne 1840, s'ils étaient conscients de rapatrier le corps d'un autre, il n'est pas étonnant que les anciens compagnons d'exil de l'empereur, tous en grand deuil, aient manifesté peu d'enthousiasme. Les contretemps qui émaillèrent l'arrivée de la *Belle-Poule* à Cherbourg, puis le transfert des cendres au Havre et leur remontée laborieuse de la Seine jusqu'à Paris, ont dû achever de transformer à leurs yeux ce chemin de gloire en chemin de croix.

Le Siècle du 18 décembre 1840 raconte à ses lecteurs que « brisé par tant de fatigues, le grand-maréchal Bertrand supporte difficilement ces dernières émotions. Il s'appuie au bras d'un officier et on le voit pleurer depuis Courbevoie jusqu'aux Invalides ».

L'entrée des cendres sous le Dôme se fait dans un climat de bousculade et d'impréparation. Le nouveau cabinet Guizot a – sciemment – désorganisé l'accueil du convoi. *Le Siècle*, journal d'opposition il est vrai, note encore : « On se demandait pourquoi le recueillement n'était pas possible. Un sentiment indéfinissable opprimait tous les cœurs ; on avait conscience de quelque chose d'incomplet, de manqué. » Et la comtesse Mollien, épouse de l'ancien grand argentier de l'Empire : « Le souvenir de l'Empereur n'était dans la pensée de personne. On causait de tout excepté de lui[1] ».

Et pour cause ! Il n'aurait plus manqué que l'imposture se parât de solennité.

Je note que le prince de Joinville, faisant une entorse au protocole écrit, va s'abstenir de présenter au roi, son père, le corps rapatrié sous ses ordres ; et que le général Bertrand, invité par Louis-Philippe à déposer sur le cercueil l'épée d'or d'Austerlitz, déclinera cet honneur – aussitôt récupéré, il est vrai, par l'obligeant Gourgaud…

C'est en 1861 seulement – donc sous Napoléon III – qu'aura lieu la translation des cendres dans un nouveau tombeau monumental, édifié sous l'égide de l'architecte Visconti. Mais quelle que soit l'admiration du neveu régnant pour l'oncle illustre, aucun nom, aucune date, aucune chiffre n'y sera jamais gravé.

Pas même le « N » impérial…

Ainsi donc, il n'est pas définitivement prouvé que le tombeau des Invalides renferme la dépouille de Cipriani Franceschi, le maître d'hôtel infidèle ; mais il est devenu impossible d'affirmer qu'il contient celle de l'Empereur.

Et cela crée un trouble infini.

Un doute sérieux, argumenté, planera dorénavant sur

1. Cité par Georges Rétif de La Bretonne, *op. cit.*

le contenu de l'illustre sépulture ; et le seul moyen d'y mettre fin, c'est d'avoir le courage – ou simplement l'honnêteté – d'ouvrir le tombeau afin d'y effectuer les prélèvements utiles.

Avec les méthodes traditionnelles, il eût été nécessaire d'exhumer complètement le cadavre et d'examiner ses éventuelles traces de blessures, ou bien l'état de sa dentition… De nos jours, une opération aussi lourde n'est plus indispensable ; il suffit, pour identifier ce corps, d'opérer sur lui des ponctions minimes qui, confiées aux généticiens, apporteront une réponse imparable à la question qui nous occupe, et mettront tout le monde d'accord.

Tant il est vrai que les débats sur le sujet ne sont motivés que par l'opportunité d'ouvrir ou non le sarcophage de pseudo-porphyre.

Ne pourrait-on estimer, dans ces conditions, que la certitude est préférable au doute et que, sans présager des résultats, l'analyse est souhaitable – de toute façon ? C'est aujourd'hui la position de nombreux historiens parmi les moins suspects d'hérésie ; je pense évidemment à Jean Tulard.

*

Formons un vœu : que les autorités compétentes autorisent au plus vite l'ouverture du tombeau des Invalides, et que les scientifiques prennent enfin, sur ce chapitre, le relais des historiens.

V

On peut être soi-même assez peu conformiste et se montrer acerbe à l'égard d'autres francs-tireurs.

Voici ce qu'écrivait, en juillet 1975, le polémiste Henri Guillemin à propos de Rétif : « Un livre qui s'intitule, en une apostrophe pathétique, Anglais, rendez-nous Napoléon !, *un livre dont l'introduction se termine par un "Messieurs, l'Empereur !", imprimé en capitales, qui voudrait être saisissant et qui vous donne envie de pouffer, vous pensez bien que ce bouquin-là, signé Georges Rétif de La Bretonne, je l'avais immédiatement rangé dans cet Enfer où marinent, entre autres, ces facéties commerciales et périodiques établissant que Jeanne d'Arc n'a nullement été brûlée à Rouen ou, mieux, que toute cette histoire est un mythe, la Pucelle n'ayant jamais existé. »*

Même si l'auteur revient, dans la suite de l'article, sur ses préventions – allant jusqu'à rendre hommage à la démolition en règle du masque Antommarchi *–, la charge n'en demeure pas moins vive.*

Normalien, agrégé ès lettres, incomparable conférencier, Henri Guillemin était de surcroît connu des téléspectateurs pour ses belles émissions sur Jaurès, Napoléon ou Jeanne d'Arc.

Cette dernière, du reste, et plus encore le livre qui l'accompagnait, lui avait valu les foudres de Régine Pernoud, dont le fameux Jeanne devant les Cauchons *dénonçait « les erreurs provenant d'un homme évidemment pressé qui a mal relu ses épreuves », et clouait au pilori une démarche qui « se situe à l'opposé de la méthode historique. Ce n'est plus hypothèse, ou légende, ou fable ; c'est l'anti-histoire ».*

Oserai-je l'avouer ? S'agissant de l'ouvrage[1] *un peu hâtif de Guillemin sur Jeanne, la sévérité de Mlle Pernoud ne me paraît pas injustifiée ; elle s'autorise en effet de quantité d'erreurs. Mais aussi, Guillemin n'était pas médiéviste !*

Son domaine, à lui, c'était le XIX*e siècle en général, et plus particulièrement les débuts de la* III*e République.*

C'est en 1962 qu'il publie, après des travaux sur Zola et sur la défaite de 1870, ce qui restera comme son chef-d'œuvre, à mes yeux du moins : L'Énigme Esterhazy[2]. *Dans ce fourmillant opus, il ose avancer une explication neuve des origines de l'affaire Dreyfus.*

La thèse de Guillemin, repérée, survolée puis rejetée par les cercles dreyfusistes, devait prendre le nom de « thèse du troisième homme ». Elle aurait pu renouveler profondément le sujet. Malheureusement, les spécialistes en décidèrent autrement. Pire : Guillemin lui-même, sous la pression générale, allait revenir sur ses conclusions – et abandonner la partie.

Et c'est ainsi que les pistes tracées par L'Énigme Esterhazy *furent désertées.*

1. Henri Guillemin, *Jeanne, dite Jeanne d'Arc*, Gallimard, 1970.
2. Henri Guillemin, *L'Énigme Esterhazy*, Gallimard, 1962.

Le 12 juillet 2006, la Cour de cassation célébrait le centenaire de la réhabilitation du capitaine Dreyfus. Pour l'occasion, je conviai à me rejoindre au micro un spécialiste de l'Affaire, Michel Drouin, secrétaire de la Société internationale d'histoire de l'affaire Dreyfus. Alors que, hors antenne, je lui demandais ce qu'il pensait du « troisième homme », il me dévisagea un instant et, d'un air tout à la fois surpris et désolé : « Ah non ! me dit-il simplement, pas vous, pas ça ! »

C'est finalement cette réponse, plus que le fond du sujet, qui m'aura résolu à m'aventurer sur la piste Guillemin ; je ne l'ai pas regretté.

L'AFFAIRE SOUS L'AFFAIRE

> Cerner la zone d'ombre, prouver qu'elle existe, ce n'est pas je pense, du temps perdu, même si les moyens nous manquent encore d'y porter la lumière.
>
> Henri Guillemin

C'est le plus grand bouleversement politico-judiciaire de la IIIe République ; si l'on en croit Léon Blum, « une crise humaine aussi violente que la Révolution française ou que la Grande Guerre ».

L'affaire Dreyfus – que ses contemporains n'appellent jamais que l'Affaire, comme on dirait la Commune ou l'Exposition – aura balayé la société française avec la force aveugle, ponctuellement salutaire, des plus grandes tempêtes. Des conventions politiques en sont mortes, comme le concordat de 1801 ; des catégories sociales en sont nées, comme les intellectuels… Cependant, en dépit de son importance, l'Affaire demeure confuse au plus grand nombre ; et rares sont les profanes qui, un siècle après, seraient en mesure de résumer son histoire et d'en fixer les grandes lignes.

Ce n'est pas faute d'une littérature surabondante.

Aucun autre sujet d'histoire contemporaine, sans doute, n'aura suscité autant d'écrits, allant des billets superficiels aux vastes fresques de Joseph Reinach (1901-1911) ou Jean-Denis Bredin (1983 et 1993).

Depuis une vingtaine d'années, toutefois, le gros des

ouvrages porte soit sur des aspects ultra-pointus – les dreyfusards sous l'Occupation, l'impact de l'Affaire aux Pays-Bas, en Pologne, voire au Japon… –, soit sur la sociologie de la crise. « C'est du reste, écrit Marcel Thomas, cette sociologie plus que quelques "mystères" désormais, à notre avis, complètement dissipés, que se sont attachés à étudier de nombreux ouvrages, tant français qu'étrangers[1]… »

Ainsi, selon M. Thomas, les mystères factuels, concrets, de l'Affaire, seraient aujourd'hui totalement éclaircis. Ce n'est pas mon avis.

Je vois même un paradoxe, et des plus irritants, dans la prolifération de tant d'études poussées sur des points infimes, quand la base en soi, quand l'origine du problème, demeurent nébuleuses.

Personne, à ce jour, n'a pu trouver d'explication valable à cette espèce d'acharnement de l'institution militaire à l'encontre d'un innocent. Bien sûr, l'antisémitisme a joué son rôle. Il n'est pas douteux que des préjugés haïssables gangrénaient l'état-major et affectaient, bien au-delà, toute une partie des élites. Mais on ne me fera pas croire qu'une haine à ce point diffuse a poussé de hauts responsables, non seulement à accabler Dreyfus, mais à « couvrir » Esterhazy hors de toute mesure.

L'esprit de corps, le patriotisme, le militarisme ? Sans doute. Et le nationalisme revanchard, et la germanophobie galopante ? Certes, certes. Tout cela crée un contexte et rend la faute possible ; cela ne fait pas une raison concrète.

1. Marcel Thomas dans l'article « Historiographie » de *L'Affaire Dreyfus*, dictionnaire sous la direction de Michel Drouin, Flammarion, 2006.

De quelles circonstances précises l'affaire Dreyfus est-elle née ? D'une banale affaire d'espionnage, répond l'histoire officielle ; de la découverte d'un document compromettant dans la corbeille à papier de l'attaché militaire allemand… Voilà du moins la vulgate que l'on nous sert depuis un siècle.

Est-elle crédible ?

Henri Guillemin, qui doutait de cette version des faits, en proposait une autre. Or jusqu'à preuve du contraire, on n'a pas apporté d'éléments tangibles à l'encontre des conclusions de *L'Énigme Esterhazy*. Même si l'on ne suit pas Guillemin jusqu'au bout d'un raisonnement en partie hypothétique, il apparaît, à reprendre les choses dans le détail, que l'Affaire n'est pas née d'un acte de trahison, comme on continue de l'affirmer, mais bien d'une machination orchestrée par le renseignement militaire ; et que la condamnation de l'officier incriminé – le capitaine Dreyfus – ne relève pas de l'erreur judiciaire fortuite, mais d'un déni de justice fomenté à dessein dans le cadre d'une entreprise d'occultation.

Les méandres de l'Affaire me semblent trop tortueux pour autoriser l'impasse sur ses principaux épisodes. Que ceux pour lesquels le *petit bleu* et le *faux Henry* n'auraient déjà plus de secret veuillent bien me pardonner cet inévitable détour.

Une précision liminaire : afin de s'y retrouver parmi les pièces d'un dossier complexe, la presse a pris – tôt – l'habitude de nommer chaque document d'un nom qui lui restera. Le premier papier de cette liasse touffue s'appellera donc le *bordereau*.

Nous sommes en 1894, au cœur de cette longue parenthèse de prospérité, d'expansion, d'efflorescence artistique et scientifique qu'on appellera plus tard, et non sans nostalgie : la Belle Époque. Fiévreuse époque de Ravachol et de Panamà, douce époque du *Prélude à l'après-midi d'un faune* et des toutes premières automobiles… Le 24 juin, pour venger un camarade anarchiste, le jeune ouvrier boulanger Caserio assassine, à Lyon, le président Sadi Carnot. Dieu, que les temps sont meurtriers !

Fin septembre de la même année, un document circule à travers les bureaux de l'état-major général de l'armée. Il s'agit de la photographie d'une feuille en mauvais état, entrée dans l'histoire sous le nom de *bordereau*.

Officiellement, ce document a été récupéré, froissé, dans la corbeille à papier de l'attaché militaire allemand à Paris, le colonel von Schwartzkoppen. Belle prise pour son auteur, modeste agent du service de renseignements (S.R.) : une simple femme de ménage, Mme Bastian.

Le texte du *bordereau* ?

> Sans nouvelles m'indiquant que vous désirez me voir, je vous adresse cependant, Monsieur, quelques renseignements intéressant :
> Une note sur le frein hydraulique du [canon de] 120 et la manière dont s'est conduite cette pièce.
> Une note sur les troupes de couverture (quelques modifications seront apportées par le nouveau plan).
> Une note sur les modifications aux formations de l'artillerie.
> Une note relative à Madagascar.
> Le projet de manuel de tir de l'artillerie de campagne.
> Ce dernier document est extrêmement difficile à se procurer

et je ne puis l'avoir à ma disposition que très peu de jours. Je vais partir en manœuvres, etc.

Voici donc un document qui, s'il provient bien de la corbeille de Schwartzkoppen, semble indiquer la présence d'une « taupe » à l'état-major, d'un traître s'employant à renseigner les Allemands. C'est en soi une information grave ; mais dans le contexte de l'époque, cela devient une vraie calamité. Moins de vingt-cinq ans après la défaite de 1870 face aux Prussiens, alors que la perte de l'Alsace et d'une partie de la Lorraine n'a jamais été acceptée, le nationalisme français, teinté d'antigermanisme, est à son comble.

L'esprit de revanche est plus que jamais actif ; il alimente en permanence une véritable psychose de la trahison. C'est un premier facteur aggravant. Soulignons que le général Boulanger, incarnation de ce courant de pensée, n'est mort que depuis trois ans…

À la demande du colonel Sandherr, patron du S.R., le *bordereau* bientôt photographié va circuler à travers les différents bureaux de l'état-major. Il s'agit d'en appeler à tous les témoins possibles, en vue d'identifier l'auteur de ces quelques lignes. Or, dès le 6 octobre, un certain lieutenant-colonel d'Aboville se signale : il a reconnu, assure-t-il, l'écriture du *bordereau*. Ce serait celle d'un de ses anciens stagiaires, un dénommé Dreyfus. Capitaine… Un Juif.

Et voilà que l'antisémitisme s'impose, d'entrée de jeu, comme le deuxième facteur aggravant du contexte. En cette période de redressement national, l'opinion a plus ou moins identifié la population israélite au souvenir honni du second Empire, avec ses abus financiers et autres… La haine des Juifs est en pleine recrudescence, et cela aussi bien dans les milieux de gauche – par haine du banquier apatride – que dans ceux de droite, où pullulent des feuilles racistes comme *La Libre Parole* de Drumont.

Ainsi donc le traître, auteur du *bordereau*, serait juif ? Dès le 29 octobre, *La Libre Parole* fera ses choux gras de la nouvelle.

Et c'est le troisième facteur aggravant : la presse, considérable activateur de l'affaire Dreyfus. Elle va s'avérer un vecteur incomparable de confusion et d'échauffement des esprits. Tous les hauts responsables militaires – le sous-chef de l'état-major, le général Gonse, le chef de l'état-major, le général Le Mouton de Boisdeffre, le ministre de la Guerre lui-même, le général Mercier, partagent la même idée fixe : qu'on ne puisse surtout pas les accuser de couvrir un traître juif.

La presse réclame son bouc émissaire ? On va le lui donner !

Sandherr, de son côté, consulte les graphologues. À commencer par les deux plus prestigieux de l'époque : celui de la Banque de France, Gobert, qui d'emblée se déclare dubitatif, et le célèbre Bertillon, de la préfecture de police – l'inventeur du fichier des empreintes digitales. Lui, conclut sans détour à la culpabilité de Dreyfus.

Voici la première scène du drame – première d'une série trop longue… Le 15 octobre 1894 à 9 heures du matin, le capitaine Dreyfus est reçu au ministère de la Guerre par un chef de bataillon, le marquis Armand du Paty de Clam, officier de police judiciaire chargé de l'enquête. Trois civils sont présents, dont le chef de la Sûreté. Du Paty pria Dreyfus de prendre un texte en dictée, et au bout de quelques lignes « lui mit la main sur l'épaule et, avec le ton qui convenait à son importante tâche, s'exclama : "Au nom de la loi, je vous arrête. Vous êtes accusé du crime de haute trahison." On imagine l'angoisse, l'incompréhension, la colère peut-être, du capitaine. Son émotion fut grande[1] ».

Passons sur une mise en scène grotesque consistant à laisser le suspect tout seul avec une arme chargée, dans l'espoir qu'il mette fin lui-même à ses jours ; Dreyfus, tombant des nues, ne songe évidemment pas à se supprimer…

L'enquête progresse. On nomme de nouveaux experts graphologues, et l'on va réfuter tous ceux qui marqueraient la moindre hésitation.

Bertillon, lui, persiste et signe.

De son côté, du Paty s'acharne sur le pauvre capitaine, détenu à la prison du Cherche-Midi. Les heures passent, et les jours ; puis une semaine, puis deux semaines… Du Paty, incapable d'obtenir le moindre aveu, en viendrait presque à douter.

Seulement, si l'enquêteur fléchit, ses supérieurs, eux, sont inflexibles. Ils n'ont pas oublié que leur mission principale est de fournir un coupable au général Mercier. Le ministre attend ses aveux !

Du reste, la presse en fait une question de principe. Fort imprudemment, Mercier ne vient-il pas de déclarer au *Figaro* que la culpabilité de Dreyfus était hors de doute ? Que lui-même en avait eu « la preuve matérielle sous les yeux » ?

Oserais-je évoquer ici les incroyables retombées diplomatiques de tels propos ? Ce n'est pas, d'évi-

1. Michel Drouin dans le « Précis » de *L'Affaire Dreyfus*, dictionnaire *op. cit.*

dence, ce qui soucie l'état-major. L'Allemagne et l'Italie feignent de s'offusquer ? Tant pis pour elles !

Très vite, Mercier va se poser personnellement en adversaire de Dreyfus. Pour reprendre une expression d'un autre temps : il a promis sa tête au peuple. Et c'est dans un climat aussi peu serein que possible que s'ouvre, le 19 décembre, la session de trois jours au cours de laquelle le conseil de guerre va juger Dreyfus.

AFFREUSE CÉRÉMONIE

L'accusé paraît effondré, et l'on voit bien – toute son attitude le prouve – qu'il a choisi la voie de la résignation. Ce capitaine n'a guère que trente-cinq ans ; il en paraît cinquante ! Il ne va même pas chercher à séduire ou à attendrir, d'une manière ou d'une autre, le jury militaire. Tout se passe comme s'il avait dès le début accepté un jugement rendu d'avance.

Deux éléments inattendus vont, au moment crucial, peser lourd dans la balance.

Tout d'abord, le témoignage de l'adjoint du colonel Sandherr, le commandant Henry. Je laisse ici la parole à Joseph Reinach.

> Alors Henry s'avança à la barre. D'une voix forte, à pleins poumons, il lance quelques phrases brèves, catégoriques, d'une véhémence qui semble convaincue. Le moment est venu de tout dire. Bien avant la découverte du *bordereau*, le service de renseignements soupçonnait la présence d'un traître à l'état-major. Dès le mois de mars, une personne honorable, absolument honorable, a averti le service qu'un officier du ministère de la Guerre trahissait. En juin, la même personne lui a renouvelé, à lui-même, son avertissement, précisant que le traître était un officier du deuxième bureau. « Et ce traître, le voici ! »

Le flot pressé des rapides paroles a passé comme une trombe. Le ton, le geste, l'attitude sont du commandement. Il montre, de sa main tendue, le Juif. C'est l'apparition du justicier.[1]

Puis, au moment d'entrer en délibération, le jury se voit gratifier, de la part du ministre de la Guerre, d'un dossier secret – le *petit dossier* – censé contenir des preuves contre Dreyfus. La défense, bien entendu, n'en a pas été du tout avertie. Faut-il préciser qu'une telle démarche constitue une violation flagrante de toutes les règles de procédure ?

Que découvrent donc, dans ce dossier, les membres du jury ?

– Un télégramme de Schwartzkoppen à l'état-major allemand, prouvant l'existence d'un traître à l'état-major. Précisons que ce document ne cite aucun nom.

– Une lettre de Panizzardi, l'attaché militaire italien, à Schwartzkoppen. Ce document contient la formule « Votre ami » à propos d'un agent quelconque ; mais là encore, aucun nom précis n'est cité.

– Cette note du même Panizzardi, toujours à Schwartzkoppen : « Ci-joint douze plans que ce canaille de D… m'a donnés pour vous… » La lettre D n'est du reste pas très lisible ; elle donne le sentiment d'avoir été fabriquée à partir d'un P.

– Une déclaration d'Henry sur de vagues propos tenus par l'attaché militaire espagnol. Une fois de plus, ce document ne mentionne aucunement le nom de Dreyfus.

1. Joseph Reinach, *Histoire de l'affaire Dreyfus*, tome I, rééd. Robert Laffont, 2006.

Un jury impartial se serait inquiété d'un tel acharnement des autorités contre un accusé que n'accable aucun élément sérieux. Seulement le conseil de guerre de décembre 1894 est tout sauf un jury impartial ; sans compter qu'il délibère dans un climat de guerre larvée contre l'Allemagne, entretenu dans le pays depuis des semaines…

Le 22 décembre 1894, le verdict énoncé ne surprend personne. Le capitaine Dreyfus est déclaré, à l'unanimité, coupable « d'avoir livré à une puissance étrangère un certain nombre de renseignements secrets ou confidentiels intéressant la défense nationale ». Il est condamné à la peine maximale : la déportation perpétuelle après dégradation publique.

Ne nous y trompons pas : tout le monde, alors, se réjouit de la sentence. Et le quotidien *Le Temps* – oui, celui de Pierre Louÿs – résume l'opinion quasi unanime dans un sous-titre lapidaire : « Non seulement justice est faite, mais elle est bien faite. »

Affreuse cérémonie que celle du 5 janvier 1895 – un samedi, jour du shabbat – dans la cour de l'École militaire. Un certain général Darras proclame la sentence : « Dreyfus, vous êtes indigne de porter les armes. Au nom du peuple français, nous vous dégradons. » Et les galons, les insignes de l'officier sont arrachés dans un silence de mort ; son sabre lui est ôté, et brisé d'un geste sec.

À l'issue de l'humiliante épreuve, un certain capitaine Lebrun-Renaud va confier à des amis qu'alors qu'il escortait Dreyfus jusqu'au lieu de sa dégradation, il aurait entendu le condamné déclarer : « Je suis innocent. Si j'ai livré des documents à l'étranger, c'était pour en avoir de plus considérables ; dans trois ans, on saura la vérité, et le ministre lui-même reprendra mon affaire. » Sommé de s'expliquer par le président du Conseil qui le conduit devant le président de la République en personne, Lebrun-Renaud s'effondrera ; il reconnaîtra tout bonnement avoir menti.

Dreyfus est déporté à l'île de Ré, et de là vers la Guyane et l'île du Diable, au cœur de l'archipel du Salut.

Ses conditions de détention seront atroces. Le condamné ne communiquera plus, à travers un courrier très contrôlé, qu'avec les deux personnes qui ne l'ont pas abandonné : sa femme Lucie, son frère Mathieu.

Car pour le reste, il a contre lui l'opinion tout entière.

LE LIEUTENANT-COLONEL PICQUART

Printemps 1896. Le deuxième acte du drame s'ouvre sur l'entrée en scène d'un nouveau personnage. Pas si nouveau que cela, me direz-vous : c'est lui en effet qui, au nom du ministre de la Guerre, avait remis le *petit dossier* aux jurés militaires, au mépris de toutes les règles.

À quarante-deux ans, le lieutenant-colonel Georges Picquart est le plus jeune dans son grade pour toute l'armée française. Il est distingué, élégant – certains diraient : un peu précieux… Et, bien sûr – triste évidence –, il est antisémite. D'ailleurs, il ne s'en cache guère, et c'est probablement une des raisons qui l'ont fait choisir en haut lieu pour remplacer le colonel Sandherr à la tête du S.R.

Dès sa prise de fonctions, il reçoit comme mission prioritaire de renforcer le dossier Dreyfus, afin de contrer les éventuelles tentatives de révision fomentées par la famille.

Le hasard, pour la première fois dans cette affaire, se met alors à bien faire les choses. Quelques jours après la prise de fonctions du nouveau directeur du S.R., son adjoint Henry se trouvant en permission, Picquart vient lui-même au contact de Mme Bastian – la femme de ménage de l'ambassade d'Allemagne. Elle lui remet, à son habitude, un cornet rempli de notes diverses, glanées essentiellement dans les corbeilles à papier…

Or, dans cette manne hétéroclite, se trouve un document qui va prendre le nom de *petit bleu*. Il s'agit d'une carte-télégramme adressée à un certain commandant Esterhazy, et le désignant de manière transparente comme agent de renseignements de l'Allemagne !

Picquart prend ses renseignements sur l'officier en question. Et non seulement ce qu'il apprend se révèle peu édifiant, mais il lui apparaît qu'Esterhazy entretient des liens assez étroits avec le commandant Henry.

« Henry, se demande Picquart, n'aurait-il accablé Dreyfus que pour protéger Esterhazy ? »

Une autre coïncidence veut que le fameux Esterhazy – il se sait sur le point d'être muté – ait fait une demande pour rentrer au service de renseignements ! N'est-il pas, jadis, déjà passé par ces bureaux ? Picquart réclame son dossier et là, surprise – que dis-je ? – stupéfaction : l'écriture d'Esterhazy n'est autre, à l'évidence, que celle du *bordereau* !

Un exemplaire est soumis sans tarder au savant Bertillon qui déclare, déjà tout aveuglé par la haine : « Alors, c'est que les Juifs doivent exercer quelqu'un à imiter l'écriture du *bordereau*. »

Picquart est antisémite, certes ; mais pas au point d'abandonner tout bon sens. Le voilà plongé plus vite qu'il n'aurait pensé dans le dossier Dreyfus. Il se fait communiquer le *petit dossier* – un comble pour lui. Or, à mesure qu'il avance dans ses investigations, une certitude se forge en lui et grandit : on s'est trompé de coupable. On a condamné un innocent !

On a commis à l'encontre de Dreyfus la plus effroyable des erreurs judiciaires.

Picquart informe aussitôt Boisdeffre, qui se montre moins surpris par la nouvelle qu'embarrassé. D'ailleurs, plutôt que d'ordonner une enquête complète, le chef de l'état-major se crispe sur ce qui va devenir un mot d'ordre : séparer les deux affaires. Ne surtout pas lier le dossier Esterhazy au dossier Dreyfus ! Le Juif doit rester en Guyane !

Picquart est atterré. Il se croyait à la veille de faire la lumière ; on lui demande de tout mettre en œuvre pour obscurcir le dossier. Sa résolution n'en est pas moins prise : « Je n'emporterai pas ce secret dans ma tombe », déclare-t-il.

Du côté de l'état-major, les découvertes de Picquart inquiètent. Et d'autant plus que la presse, de son côté, fait beaucoup de bruit autour de la communication secrète du *petit dossier* au jury militaire… N'est-ce pas là, pour Mathieu et Lucie Dreyfus, une arme inespérée ?

Le ministre et ses subordonnés frissonnent. Mais, comme par miracle, une nouvelle pièce à charge surgit alors – à point nommé. Il s'agit d'une nouvelle lettre de Panizzardi à Schwartzkoppen – signée Alexandrine ! –, lettre où figure nommément, cette fois, le nom de Dreyfus.

Cette pièce prendra le nom de *faux Henry*, ce qui nous en dit long, déjà, sur son authenticité… Le Mouton de Boisdeffre et Gonse sont tombés d'accord pour la garder en réserve, à l'insu de Picquart. Bien indiscret, ce Picquart, du reste ! Il faudrait trouver un moyen de s'en débarrasser au plus vite. « Un moyen, dites-vous ? Mais la presse va bien nous en fournir un… »

De fait, le 10 novembre 1896, *Le Matin* publie en première page un fac-similé du *bordereau*, qui lui a été remis par l'un des experts du procès. Aussitôt, c'est Picquart que l'on accuse de la fuite ; il en paiera les conséquences… Or, parmi les lecteurs du *Matin*, figure, tout bonnement, l'attaché allemand von Schwartzkoppen. Sidéré de ce qu'il découvre en une, il affirmera n'avoir jamais, avant ce jour, ne serait-ce qu'aperçu le fameux bordereau – pourtant trouvé, officiellement, dans sa propre corbeille à papier.

Au passage, Schwartzkoppen a reconnu l'écriture d'Esterhazy ; mais cela, il ne peut pas le dire ; ce serait manquer à tous les principes de son étrange office…

D'abord muté disciplinairement dans l'Est, Picquart est vite envoyé en Algérie, puis en Tunisie… Bon débarras, monsieur le gêneur ! Lui, rumine. Au cours d'une permission, il raconte ce qu'il sait à l'un de ses amis, qui – stupéfait de ce qu'il apprend – manque au serment de confidentialité et s'en vient avertir le vice-président du Sénat, un Alsacien nommé Scheurer-Kestner. Celui-ci, dès lors, mènera sa propre enquête, ce qui inquiète beaucoup l'état-major.

Esterhazy est menacé, n'est-ce pas ; il faut le prévenir : « on » lui adresse – pour le mettre en garde – une première lettre anonyme ; elle sera rédigée par du Paty de Clam ! Puis en octobre 1897, le même du Paty, affublé d'une fausse barbe, ira parler discrètement au commandant, au détour d'une allée du parc Montsouris… Cela commence à ressembler à du Grand-Guignol.

Pendant ce temps, Scheurer-Kestner s'est procuré des spécimens de l'écriture d'Esterhazy, et les a comparés au fac-similé du *bordereau.* Pas de doute sur la conclusion à en tirer.

Pour l'état-major, les choses commencent à sentir le roussi. Du reste, il est un fait qui ne trompe pas : von Schwartzkoppen est bientôt rappelé à Berlin. C'est l'usage lorsqu'un agent est « brûlé ».

Que cela plaise ou non à Mercier, à Boisdeffre et à Gonse, l'on s'achemine à grands pas vers une révision du procès. Dans les bureaux lambrissés, l'heure est à la nervosité. Picquart est rappelé à Paris, juste le temps de s'entendre reprocher d'avoir mis en péril « la respectabilité d'un honnête officier français ». C'est Esterhazy dont on parle ainsi – autant dire que l'état-major marche sur la tête !

Heureusement pour le lieutenant-colonel, *Le Figaro* publie sur ces entrefaites une ancienne lettre adressée par Esterhazy à l'une de ses maîtresses ; on peut y lire quelques morceaux assez gratinés : « Je suis absolument convaincu que ce peuple français ne vaut pas la cartouche pour le tuer. Si ce soir on venait me dire que je serai tué demain comme capitaine de Uhlans en sabrant des Français, je serais certainement parfaitement heureux. Je ne ferais pas de mal à un petit chien, mais je ferais tuer cent mille Français avec plaisir. » On devait appeler ce chef-d'œuvre la *lettre du Uhlan.*

« Pure calomnie ! s'égosille Esterhazy. Cette lettre n'est qu'un faux ! »

Vraiment ? Dès le lendemain, *Le Figaro* va publier, à son tour, la copie du *bordereau* : ainsi chacun pourra comparer…

Esterhazy perd patience. Au grand dam de ses supérieurs – ou protecteurs… –, il demande lui-même à comparaître en conseil de guerre. Comment ne pas lui donner satisfaction ?

Et c'est ainsi que, le 10 janvier 1898, le procès Esterhazy s'ouvre devant le conseil de guerre. En vérité, ce sera surtout le procès de Picquart ! À l'issue de débats surréalistes, entièrement truqués même, le verdict est rendu à l'unanimité : Esterhazy est acquitté. La foule l'acclame à la sortie. « Vive la France, à mort les Juifs ! »

Le plus fort, dans ce procès, c'est que le lieutenant-colonel Picquart en ressortira inculpé de faux ; on va l'arrêter et l'envoyer aux arrêts de forteresse, au mont Valérien…

« J'ACCUSE ! »

Alors paraît, comme un bon génie que l'on n'attendait plus, le grand personnage de l'Affaire. Émile Zola, enfin, sort de sa réserve.

Il a cinquante-huit ans, monsieur Zola. Il est riche et mondialement célèbre. Une sorte de gloire nationale… Pendant longtemps, il est resté, comme tout le monde, indifférent au sort de cet officier convaincu de trahison. Et puis il s'est intéressé à l'affaire de plus près… L'acquittement d'Esterhazy l'a finalement révulsé, et c'est deux jours après, seulement, qu'il publie dans *L'Aurore* sa célèbre lettre ouverte au président Félix Faure.

Lettre longue et fouillée, d'ailleurs en partie inexacte – mais on n'est plus à cela près – et que le directeur de la publication, l'opportuniste Clemenceau, a eu le trait de génie d'intituler : « J'accuse ! » Trois cent mille exemplaires seront vendus dans la soirée.

J'accuse, écrit Émile Zola, le général de Boisdeffre et le général Gonse d'avoir eu entre les mains les preuves certaines de l'innocence de Dreyfus et de les avoir étouffées ;
J'accuse le général de Pellieux d'avoir fait une enquête scélérate ;
J'accuse enfin le premier conseil de guerre d'avoir violé le droit en condamnant un accusé sur une pièce restée secrète, et j'accuse le deuxième conseil de guerre d'avoir couvert cette illégalité par ordre, en commettant à son tour le crime juridique d'acquitter sciemment un coupable.

Le but recherché, en accusant ainsi tous azimuts, c'est d'être assigné par le ministre de la Guerre devant les assises, afin que le cas du capitaine Dreyfus puisse enfin être porté devant des juges civils et non plus militaires. Les autorités, naturellement, ont compris la manœuvre : et lorsqu'elles assignent Zola, c'est en prenant bien soin de ne contester que le procès d'intention intenté par l'auteur aux jurés militaires du deuxième conseil de guerre.

Une bombe : voilà l'effet de l'article de Zola.

Au point que l'on date le début de l'Affaire proprement dite de ce fameux jour de janvier 1898. Dès le lendemain, *L'Aurore* publie une pétition en faveur de la révision du procès de Dreyfus : s'y côtoieront les signatures d'Anatole France, de Daniel Halévy, de Marcel Proust, de Charles Péguy…

Désormais, la France est scindée en deux. D'un côté, les partisans de Dreyfus appelés les dreyfusards, de l'autre, ses adversaires ou antidreyfusards.

Le procès de Zola approche ; il va se tenir du 7 au 23 février 1898.

Et c'est un nouveau déni de justice. Le président, entièrement de parti pris, repousse toute tentative d'aborder l'affaire au fond.

Cela n'empêchera pas la survenance de quelques coups de théâtre. Ainsi le général de Pellieux, pressé par la défense de Zola, révèle-t-il naïvement l'existence de cette pièce si douteuse que l'on appelle le *faux Henry*. Terrible erreur ! Il faut que Boisdeffre vole à son secours, et en appelle au patriotisme des jurés et à leur sens des responsabilités : une fois de plus, c'est le chantage à la guerre.

Finalement, à huit voix contre quatre, le jury condamne Zola, qui écope de la peine maximale : un an de prison et 3 000 francs d'amende.

La France applaudit ; à l'étranger, c'est la consternation. La Cour de cassation cassera ce jugement pour vice de forme. Et le cas de Zola sera rejugé à Versailles ; mais cette fois le Maître aura eu la prudence de s'exiler en Grande-Bretagne bien avant l'énoncé du verdict.

Sur ce, le cabinet change. On nomme un nouveau ministre de la Guerre : Cavaignac. Et celui-ci se donne pour premier objectif de « crever l'abcès Dreyfus ».

Entre-temps, le dossier s'est étoffé dans des proportions alarmantes. En 1894, il se composait d'une seule pièce : le *bordereau*. En 1898, près de quatre cents pièces en constituent le fonds…

Le 7 juillet, Cavaignac monte à la tribune de la Chambre. Avec une candeur qui frise l'inconscience, il rend publiques trois pièces qu'il croit probantes :

– La lettre « Ce canaille de D… »
– Les pseudo-aveux recueillis par Lebrun-Renaud
– Le *faux Henry*.

Dans son étourderie, il a oublié le *bordereau* lui-même.

Évidemment, ces pièces sont contestées, notamment

dans une lettre de Picquart au président du Conseil. Un Picquart qui, du reste, n'a plus grand-chose à perdre…

Cavaignac s'emporte ; il renvoie Picquart en correctionnelle, et propose que l'on traduise devant la Haute Cour Mathieu Dreyfus, Picquart, Scheurer-Kestner, jusqu'à Zola lui-même !

Puis, ayant recouvré son sang-froid, il charge un jeune officier du renseignement, le commandant Guignet, d'enquêter pour établir l'authenticité de ce que j'ai appelé, depuis son apparition, le *faux Henry*.

Guignet commence par inspecter le document. Il l'approche d'une lampe. Et là, stupeur : il se rend compte que le papier n'est pas d'une seule pièce. Le quadrillage n'est même pas de teinte identique sur toutes ses parties ! Le jeune homme doit se rendre à l'évidence : ce que le ministre a brandi devant la représentation nationale n'est qu'un faux. Un de plus…

Chez Cavaignac, l'heure est donc aux explications. Le mardi 30 août 1898, à 14 heures 30, Henry – promu lieutenant-colonel… – est convoqué dans le bureau du ministre de la Guerre. Il y retrouve, les yeux rivés au sol, les généraux Gonse et Le Mouton de Boisdeffre.

Cavaignac somme le faussaire de s'expliquer sur la lettre litigieuse. « Que voulez-vous que je vous dise ? » Henry se trouble, il s'embrouille. « Oui, là : j'ai fabriqué cette pièce ! »

Du regard, il supplie ses supérieurs de voler à son secours. Eux, regardent à présent au plafond ; mais ils ne bronchent pas. Le ministre n'en croit pas ses oreilles. Il fait mettre le coupable aux arrêts ; c'est son tour d'aller visiter le mont Valérien…

Vingt-quatre heures plus tard, on apprendra que le lieutenant-colonel Henry s'est tranché la gorge dans sa cellule, avec son rasoir. Et ce, de la main droite – lui qui était notoirement gaucher ! Au point où en est, cela n'a plus vraiment d'importance.

TOUT ÇA… POUR ÇA !

Le scandale Henry a éclaboussé trop de monde.

Boisdeffre a été contraint de démissionner. Esterhazy s'est enfui à Londres. Du Paty de Clam a été mis en non-activité. Finalement, Cavaignac lui-même se verra contraint de démissionner.

À présent, les deux camps – dreyfusard et anti-dreyfusard – se sont structurés. On a fondé, d'un côté, la Ligue des droits de l'homme, de l'autre, la Ligue de la patrie française.

Mais l'essentiel est ailleurs : dans la mise en place d'une procédure de révision.

L'entrée à l'Élysée du président Loubet – un homme de Clemenceau – marque l'arrivée au pouvoir, sinon des dreyfusards, du moins d'un personnel politique favorable à ce camp.

Et le 3 juin 1899, la Cour de cassation casse – on n'y croyait plus – le jugement inique de 1894. Elle renvoie l'accusé devant le conseil de guerre de Rennes.

Voilà donc le pauvre Alfred Dreyfus enfin arraché à son enfer de Guyane, et ramené de ce côté de l'Atlantique pour être rejugé. Au total, il aura passé plus de mille cinq cents jours au bagne.

Je ne vais pas entrer ici dans le détail du procès en révision. Qu'il me suffise, pour en exprimer la quintessence, d'évoquer la fin du long témoignage, monocorde, rhétorique, du général Mercier, ministre de la Guerre en 1894 – l'homme par qui l'affaire a dégénéré.

Cette phrase, entre autres, chef-d'œuvre de casuistique : « Même si le bordereau n'a pas été écrit par Dreyfus – or je suis persuadé qu'il l'a écrit –, il n'a pu l'être que sous l'inspiration du capitaine Dreyfus. » Autrement dit : peu importe l'identité de l'auteur, l'essentiel est de reconnaître Dreyfus dans son « inspiration »…

Et c'est pour entendre ce genre d'ineptie qu'on l'a fait revenir de si loin, le malheureux !

Joseph Reinach à propos du témoignage de Mercier : « Quand il arriva à sa péroraison (visiblement apprise), il se tourna, d'un geste qui n'était pas moins étudié, vers l'homme, s'efforça de le regarder "comme une chose", et récita : "Si le moindre doute avait effleuré mon esprit, je serais le premier à le déclarer et à dire devant vous au capitaine Dreyfus : je me suis trompé de bonne foi…" Mais Dreyfus, pour le coup, n'y put tenir et, se dressant, marchant, le bras tendu, vers Mercier, lui hurla en plein visage le cri qui lui gonflait la poitrine : "C'est ce que vous devriez faire !" Il semblait vouloir se jeter sur lui, pendant que les applaudissements partaient de tous les coins de la salle[1] ».

Il y aura cette autre phrase aussi, dans la bouche du commissaire du gouvernement : « J'ai soigneusement étudié tous les témoignages pour ou contre, dit-il. J'aurais aimé pouvoir conclure à l'indulgence. Mais maintenant, en mon âme et conscience, je dois vous dire : Dreyfus est coupable. »

Tout ça… pour ça !

La sentence de Rennes est une cote mal taillée, qui ne satisfera personne : Dreyfus est déclaré coupable – oui, coupable – mais avec des circonstances atté-

1. Joseph Reinach, *op. cit.*, tome II.

nuantes, ce qui, dans une affaire de trahison, constitue la plus parfaite aberration.

Le condamné écope cette fois de dix années de travaux forcés.

Partout en France, l'opinion reçoit le verdict avec écœurement. Les citoyens – je crois qu'on peut le dire – viennent de perdre confiance dans leurs institutions. C'est le début d'une crise dont nous ne sommes peut-être pas encore tout à fait sortis.

Quant à l'étranger… Je ne saurais traduire à quel point l'opinion mondiale est scandalisée. Partout on manifeste, on lapide les consulats, on incendie le drapeau tricolore. La reine Victoria écrira : « J'ai appris avec stupeur l'affreux verdict. » Même l'empereur d'Allemagne, le kaiser Guillaume II – qui dans cette affaire devrait faire preuve de retenue – ne peut s'empêcher de tracer un petit « Jawohl » en marge du rapport de son ambassadeur à Paris, qui écrivait : « Par ce jugement, la France s'est exclue des nations civilisées. ».

Certes, dix jours après la sentence de Rennes, le président Loubet allait accorder sa grâce à Dreyfus. Mais pour le capitaine détruit, pour sa famille, pour les dreyfusards, ce ne pouvait être suffisant.

Tous devront patienter six ans encore. Six longues années avant que les trois chambres réunies de la Cour de cassation ne finissent par réhabiliter pleinement la victime, en annulant l'invraisemblable jugement de Rennes, « rendu par erreur et à tort ».

Or, depuis le début, le capitaine Alfred Dreyfus aura fait figure d'absent dans cette histoire. Il en est la victime ; on a donné son nom à l'Affaire ; mais à la vérité, comme le proclame un titre de Marcel

Thomas, toute cette histoire aura bien été *L'Affaire sans Dreyfus*[1].

Très présent, de bout en bout de l'Affaire, s'impose en revanche le général Mercier. Il aura d'emblée présenté la trahison de Dreyfus comme un fait établi – tant au gouvernement qu'à l'opinion. Il aura ordonné l'arrestation du capitaine et signé lui-même l'ordre d'écrou – ce n'était pas de son ressort. Il aura constitué le *petit dossier* et l'aura faire remettre – en toute illégalité – aux jurés militaires sans en avertir la défense. Il aura dissimulé des rapports du préfet de police favorables à Dreyfus, fait rétablir exprès l'île du Diable comme lieu de déportation, exercé même un chantage odieux sur le condamné, à propos du lieu de sa déportation, en échange d'aveux qui – en dépit de ses efforts – ne vinrent pas… Il aura enfin, lors du procès de Rennes, pesé à charge, et ce, contre l'évidence la plus criante.

Et c'est le même individu qui, en 1921, devenu sénateur, sera fait grand officier de la Légion d'honneur !

Épilogue inouï d'un drame décidément bien peu moral…

Gonse, Boisdeffre et Pellieux, plus discrets, vont quitter, sur la pointe des pieds, la scène de l'histoire. Esterhazy mourra en Grande-Bretagne, en 1923. Du Paty de Clam s'engagera en 1914 comme simple soldat ; il tombera au combat. Picquart connaîtra en revanche une brillante carrière, couronnée par le poste de ministre de la Guerre dans le cabinet Clemenceau de 1906. Il se tuera dans une chute de cheval avant la Grande Guerre, et aura droit à des obsèques nationales.

1. Marcel Thomas, *L'Affaire sans Dreyfus*, Fayard, 1961.

Et Zola ? demanderont les sentimentaux. Zola disparaît dans les conditions douteuses que l'on sait, en 1902. Peut-être des suites indirectes de l'Affaire… Six ans plus tard, ses cendres seront transférées au Panthéon, et c'est au cours de la cérémonie qu'un exalté blessera Alfred Dreyfus – devenu commandant – d'un coup de revolver.

Pauvre Dreyfus ! Condamné à s'attirer la haine, lui qui avait toujours fait profil bas. Il devait mener une vie discrète jusqu'à sa mort, le 12 juillet 1935 – vingt-neuf ans jour pour jour après sa réhabilitation.

POURQUOI TANT DE HAINE ?

En contrepoint de cet épilogue, on n'insiste généralement pas assez sur un fait capital : tous les acteurs de l'Affaire, absolument tous – y compris Esterhazy –, se sont trouvés couverts, à compter de 1900, par une loi d'amnistie. Comme si le législateur, désespérant de jamais savoir le fin mot de cette histoire, avait voulu jeter sur elle un voile pudique.

Ce pourrait être le mot de la fin.

Ce le serait même sans doute si une question, comme un cri du cœur, ne s'imposait à ce stade : mais pourquoi donc tant de haine ? Et plus précisément :

Pourquoi cet acharnement de Mercier contre Dreyfus, acharnement cautionné par la plupart des grands chefs militaires ?

Pourquoi cette indulgence infinie envers Esterhazy ?

Pourquoi une telle connivence, sur fond d'erreur assumée, de la part de responsables qui, entre eux, n'avaient du reste aucune affinité ?

Pourquoi ? Mais peut-être parce que, derrière tout cela, se cachait « une vérité “terrible”, dont la seule idée qu'elle pût être livrée au public mettait l'état-major en transes[1] ».

Ce terrible secret pourrait-il se réduire, comme le prétendent souvent les historiens, à la forfaiture du général Mercier concernant le *petit dossier* ? On a du mal à le croire, et d'autant plus que ni Boisdeffre ni Gonse n'étaient impliqués dans cette initiative malheureuse.

Le fin mot se trouve sans doute ailleurs.

Cherchant l'origine de la collusion, Max Guermann s'est intéressé au premier mensonge concerté de l'état-major : il porte sur la date d'arrivée du *bordereau* au service de renseignements. « Devant le conseil de guerre de 1894, écrit-il, du Paty date le bordereau d'avril ou mai. Dreyfus fait remarquer que les nouvelles formations d'artillerie dont il est question n'ont été fixées qu'en juillet. Du Paty place alors le *bordereau* en août, la phrase finale : "Je vais partir en manœuvres" s'appliquant aux grandes manœuvres de septembre. Dreyfus rappelle alors que par une note du 17 mai, le général de Boisdeffre avait supprimé ces manœuvres pour les officiers stagiaires. Le lendemain, du Paty remet le bordereau en avril. »[2]

Ainsi la date de l'arrivée du *bordereau* avait-elle, d'entrée de jeu, été fixée au printemps. Or tout semble indiquer que ce document n'est concrètement apparu qu'au cours de l'automne, soit environ six mois plus tard. Qu'importe : la date d'avril n'en servira pas moins de fondement, aussi bien à la condamnation de Dreyfus qu'à l'acquittement d'Esterhazy !

Pour que l'état-major antidate aussi nettement l'appa-

1. Max Guermann, « La "terrible" vérité », dans *Les Cahiers naturalistes*, n° 62, 1988.

2. Max Guermann, article cité.

rition d'un document à ce point capital, il devait avoir une bonne raison. Et s'il s'était agi, par exemple, de détourner l'attention des enquêteurs des agissements d'Esterhazy à l'été 1894 ? Il est aujourd'hui avéré que, du 20 juillet au 15 octobre, le commandant s'est rendu une dizaine de fois à l'ambassade d'Allemagne.

Faut-il en conclure, avec Max Guermann, qu'Esterhazy, dans ses rapports avec Schwartzkoppen, agissait sur ordre, au su de Mercier lui-même, et que le but de ces contacts était de compromettre les attachés militaires allemand et italien ? Il n'est pas utile d'aller jusque-là pour admettre avec lui que « cette volonté de tromper la Justice, qui transparaît à travers leur comportement, constitue la preuve de la duplicité des chefs de l'état-major ».

Cette duplicité, Henri Guillemin l'avait bien mesurée, lui qui, à l'issue d'un raisonnement long, complexe, mais imparable, a prouvé que, depuis le début de l'Affaire – avant même la première condamnation de décembre 1894 –, Gonse, Le Mouton de Boisdeffre et bien sûr Mercier avaient la certitude de l'innocence de Dreyfus.

Tous trois savaient cet homme innocent !

Et malgré cela, ils se sont acharnés sur lui ; le général Mercier allant jusqu'à la forfaiture pour le faire condamner. Par l'effet de quelle folie ? Antisémitisme extrême, opportunisme délirant, méchanceté maladive ou vilenie héréditaire ?

Évidemment, Mercier et les autres avaient leurs raisons d'agir comme ils l'ont fait. Et ces raisons, sans pouvoir en percer le détail, nous sommes à même aujourd'hui d'en deviner la nature.

Pour ce faire, il convient de revenir aux prémices de toute l'histoire, c'est-à-dire une fois encore au fameux *bordereau*. Esterhazy, dans une confidence à un certain M. Melmoth – qui n'était autre qu'Oscar Wilde en personne –, avait fini, de lui-même, par s'en avouer l'auteur[1].

Si l'on étudie de près le cheminement de ce document essentiel, il apparaît que sa provenance n'a jamais, nulle part, été prouvée. Officiellement, il serait parvenu au service de renseignements par la « voie ordinaire », c'est-à-dire les petits cornets de la dame Bastian...

Quelle preuve existe-t-il de cela ?

Dans des *Carnets* qui ne seront rendus publics que bien plus tard, Schwartzkoppen lui-même affirme – ou plutôt réaffirme – n'avoir jamais vu de ses yeux le fameux *bordereau*.

Et pour cause ! suis-je tenté d'écrire. Selon les confidences d'Esterhazy au journal *Le Matin* – à Londres, en juillet 1899 –, le *bordereau* serait une pièce forgée au sein du S.R. Une pièce de sa propre main – il le reconnaît de plus belle – mais qui lui aurait été dictée – oui, dictée – par le lieutenant-colonel Sandherr en personne.

Faut-il croire Esterhazy ? Pas forcément. Faut-il rejeter en bloc tout ce qu'il dit ? Pas forcément non plus.

L'heure est venue, me semble-t-il, de nous aventurer, avec audace quoique prudemment, sur les traces d'Henri Guillemin, et de le suivre sur le terrain délicat des hypothèses et des déductions.

D'emblée, à mesure qu'il étudiait le détail de l'Affaire, le biographe de Zola s'est senti troublé par l'acharnement de tous contre Dreyfus, auquel faisait pendant une indulgence, non moins collective, envers

1. Cf. Marcel Thomas, *Esterhazy ou l'envers de l'affaire Dreyfus*, Vernal, Philippe Lebaud, 1989.

Esterhazy. Et parce qu'il raisonnait en homme libre, dégagé des présupposés et des idées toutes faites, Guillemin a conclu que tous ces généraux, ensemble, faisaient de la fumée pour cacher quelque chose.

« DEVANT QUOI, DEVANT QUI… »

Il n'était pas le premier à suivre ce raisonnement.

Dès 1898, Charles Dupuy, président du Conseil, déclarait devant la chambre criminelle en charge d'instruire la première révision : « Je me demande si nous n'avons pas été victimes, en 1894, d'une mystification. »

Plus tard, un autre président du Conseil, Henri Brisson, ajoutera dans ses *Souvenirs* : « Nous ne savons pas encore devant quoi, devant qui, devant quelles révélations, tous reculaient. »

Un personnage auquel je voue quelque admiration, Maurice Paléologue, croyait avoir trouvé, pour sa part, la clé de l'énigme. Voici ce qu'il écrivait dès janvier 1899 : « L'acte de trahison qui a motivé la condamnation de Dreyfus se rattache à une série de faits semblables, imputable à trois personnes :

– la première est Maurice Weil ;

– la deuxième est le commandant Esterhazy ;

– la troisième est un officier de très haut grade qui, après avoir occupé, durant plusieurs années, des fonctions importantes au ministère de la Guerre, exerce aujourd'hui un commandement de troupes[1]. »

Le chef visé par Paléologue à mots couverts était en fait le général Rau, personnage tout à fait respectable au demeurant.

1. Cité par Henri Guillemin *op. cit.*

Mais c'est la première personne citée par Paléologue que j'aimerais retenir ici, car c'est à elle que conduisent tous les soupçons.

Qui est donc ce Maurice Weil ? Il s'agit d'un grand ami d'Esterhazy, personnage, semble-t-il, très peu recommandable : par deux fois, il a dû démissionner de l'armée. D'abord pour indélicatesse aux courses ; pour espionnage ensuite. Un agent trouble donc, mais qui a travaillé au S.R. de 1875 à 1880. À la même époque qu'Esterhazy et Henry lui-même ! Or, ce Weil est très lié à certaines hautes personnalités militaires.

Saisissez-vous le schéma imaginé par Paléologue ?

Le général Rau collecterait des renseignements classés, qu'il transmettrait à Maurice Weil. Maurice Weil les ferait passer à l'attaché allemand Schwartzkoppen par l'intermédiaire du commandant Esterhazy. Et ce serait pour protéger le général Rau que tout l'état-major ferait bloc derrière « ce coquin d'Esterhazy » – quitte à accabler un innocent : le malheureux Dreyfus.

J'attire votre attention sur le fait que la conscience de cette affaire, Georges Picquart en personne, a déclaré devant la Cour de cassation en 1904 : « Une question qui m'a toujours beaucoup préoccupé est celle de savoir si, à un moment donné, Weil et Esterhazy n'avaient pas cherché à faire du chantage sur quelque personne haut placée. »

Autant dire que le scénario de Paléologue n'a pas dû paraître aberrant à Picquart. Le problème, c'est que, depuis un siècle, on a acquis la certitude que le général Rau n'avait, en tout état de cause, rien à se reprocher.

Fallait-il, pour autant, abandonner le scénario Paléologue dans sa totalité ?

Henri Guillemin a eu l'intelligence de répondre : non.

Et c'est justement en suivant cette piste qu'il en est venu à proposer un autre scénario.

Je reprends la déposition de Picquart en 1904 : « Ce qui frappe, c'est de voir l'attitude du général Saussier à l'égard d'Esterhazy. Le général Saussier est un chef réputé très sévère, ayant même la main lourde. Quand je suis rentré de Tunisie, il demandait à me faire passer immédiatement au conseil d'enquête ou au conseil de guerre. À l'égard d'Esterhazy, son attitude est toute différente.

« Voilà un homme, Esterhazy, qui dit détenir un document secret, qui adresse des lettres de chantage au président de la République, et le général Saussier l'accueille avec bienveillance.

« Esterhazy court les rédactions de journaux, chose absolument interdite à un militaire, il mène une vie scandaleuse, il reste absolument indemne. [...] Je n'ai plus su que penser[1] ».

Il faut ici que je vous mette au fait de ce qui, à première vue, pourrait passer pour un détail : c'est que l'ami d'Esterhazy, Weil, était marié à une jeune Autrichienne. Cette Mme Weil était devenue la maîtresse d'un général haut placé, le plus haut placé possible puisqu'il s'agissait du chef d'état-major de l'armée en personne, gouverneur militaire de Paris : le généralissime Saussier. Autant dire le premier soldat de France ! Un personnage absolument intouchable.

À présent, imaginons.

Le patron du service de renseignements, le lieutenant-colonel Sandherr, apprend, parce que c'est son métier, que des documents classés, et dont il possède la liste,

1. Cité par Henri Guillemin, *op. cit.*

ont été transmis à l'attaché allemand par le commandant Esterhazy. Or, il sait aussi que, par l'entremise du couple Weil, cet Esterhazy se trouve introduit dans l'entourage du généralissime en personne.

Ce haut personnage serait-il en personne la source de tels renseignements ? Ce n'est même pas la question.

Difficulté majeure pour Sandherr : comment mettre en garde le généralissime ? On ne peut tout de même pas lui communiquer une note pour lui dire qu'il fréquente des voyous par l'entremise de sa maîtresse ! Alors, Sandherr a une idée : il convoque le commandant Esterhazy au S.R., et là, il lui dicte une note reprenant l'intitulé des dossiers fournis aux Allemands par ses soins : ce sera le *bordereau*. Évidemment, cette note en soi est anodine ; elle ne prend son caractère litigieux qu'à partir du moment où elle est censée provenir de l'ambassade allemande.

Laissons la parole à Henri Guillemin.

« Sandherr remercie son visiteur. Il le congédie avec politesse. Nul esclandre. Pas la moindre menace. Une parfaite cordialité au contraire. De quoi se plaindrait Esterhazy ? Il est perplexe, sans plus. Que signifie cet ordre qu'il a reçu, à l'improviste, et qui pourrait être troublant si Sandherr n'avait pas été, comme il le fut, naturel, paisible, et très aimable… Mais Sandherr n'en a pas moins *son* document, de la main d'Esterhazy, et qu'il va prétendre issu tout droit de la “corbeille” de Schwartzkoppen (on le déchirera à cet effet). Il le fait photographier. Les photographies de cette pièce vont dans les bureaux et chez le ministre. Le généralissime la verra. De quoi lui donner à réfléchir, l'inciter, sans doute (sans qu'il ait à se formaliser, personnellement, de rien), à se montrer plus circonspect. Tout ce que désire Sandherr, tout ce à quoi, d'ailleurs, il peut prétendre sans s'exposer, c'est que les communications à l'Allemagne s'interrompent, ou changent de nature. Aucune sanction, bien sûr. Toute sanction est hors de portée. Mais, du moins, autant que possible, la protection de nos secrets[1] ».

Problème : ce que Sandherr ne pouvait pas deviner, c'est qu'un officier trop zélé – ou très antisémite –, le lieutenant-colonel d'Aboville pour ne pas le nommer, croirait reconnaître, sur le *bordereau*, l'écriture de son stagiaire Dreyfus !

Ainsi Dreyfus tombe-t-il dans cette affaire par le plus grand des hasards, comme un grain de sable égaré dans un mécanisme infernal.

À ce stade, il serait peut-être possible, encore, d'étouffer l'affaire. Seulement, pour Sandherr, cela suppose de révéler à ses supérieurs la manœuvre frelatée qu'il destinait, dans le plus grand secret, à la mise en garde du généralissime. Et cela, Sandherr ne s'y résout pas. Alors, l'observation de d'Aboville suit la voie hiérarchique : Gonse, Boisdeffre, Mercier… Et voilà que la politique s'en mêle.

Un officier juif soupçonné de trahison ? Mercier enfourche bêtement ce cheval de bataille. Le public sera averti. Et, très vite, il sera trop tard pour faire machine arrière.

On ne pourra bientôt plus blanchir Dreyfus sans accabler Esterhazy. Or, Esterhazy touche de beaucoup trop près au soleil. Il est devenu intouchable par délégation.

Tel pourrait bien être le piège dans lequel s'est enfermé l'état-major. La force du préjugé faisant le reste…

Au passage, je dois vous signaler que par deux fois le généralissime Saussier est intervenu, au début de l'affaire,

1. Henri Guillemin, *op. cit.*

pour que l'incident soit classé sans suite et qu'on n'aille pas jusqu'au procès. On comprend mieux pourquoi.

Les *Mémoires* du président Casimir-Perier portent la trace de cette déclaration de Saussier, fin 1894, à un petit cercle de hautes personnalités lors d'une chasse présidentielle à Marly : « Dreyfus n'est pas coupable. Cet imbécile de Mercier s'est mis encore une fois le doigt dans l'œil. Qu'importe ! Le conseil de guerre décidera. »

Encore une fois, je le redis : la thèse de Guillemin est impossible à prouver en l'état. L'auteur lui-même écrivait : « Rêverie que tout cela. Hypothèse en l'air, dont j'aperçois bien les fragilités[1] ». Mais alors, une rêverie, une hypothèse extrêmement convaincantes.

Pour être juste, il faut préciser que l'auteur de *L'Énigme Esterhazy*, dans son long développement, allait encore plus loin. Il estimait quant à lui que Saussier, dans cette affaire, avait été probablement l'objet d'un chantage de la part de Weil et d'Esterhazy.

Pour ma part, je n'en vois pas la nécessité. Il me paraît en effet que Sandherr peut avoir eu l'intention de mettre le généralissime en garde, hors de toute implication directe de sa part dans l'affaire des fuites vers l'ambassade d'Allemagne. C'est une variante.

Mais l'essentiel est ailleurs. Le plus important si l'on suit cette thèse, c'est que l'acharnement contre Dreyfus, l'indulgence envers Esterhazy, enfin la persévérance dans l'erreur de l'élite politico-militaire trouvent leur origine non seulement dans un antisémitisme radical, mais encore dans la volonté concertée d'un petit groupe de chefs militaires de protéger la plus haute tête de l'armée française.

1. Henri Guillemin, *op. cit.*

D'un coup, tout s'éclaire.

Attention : encore une fois, je ne nie en rien l'antisémitisme viscéral de toute une partie de l'armée et de la société française en 1900. Ce préjugé était réel, et il a joué un rôle terrible dans l'Affaire. Ce que je dis, simplement, c'est que tout a été déclenché pour des raisons beaucoup plus concrètes et objectives. Beaucoup plus dérisoires aussi…

Au reste, l'histoire nous apprend que cet antisémitisme lui-même, tel qu'il s'est manifesté à l'encontre de Dreyfus et des dreyfusards, n'a pas été sans de très grandes conséquences politiques. Aussi bien nationales qu'internationales.

Je ne citerai que la plus importante.

Parmi les journalistes étrangers qui suivaient l'Affaire, se trouvait un jeune Hongrois juif que ce déferlement d'antisémitisme a beaucoup choqué, et même effrayé. De retour dans son pays, il en a conclu à la nécessité, pour ses coreligionnaires, de se constituer un foyer national en Palestine.

Le jeune homme s'appelait Theodor Herzl ; et son idée est à la source de la création de l'État d'Israël.

Je ne sais pas ce que les antidreyfusards acharnés auraient pensé de ce développement indirect de l'Affaire. Mais je peux l'imaginer.

*

Formons un vœu : que des études poussées et circonstanciées soient enfin menées sur le général Saussier et sur son rôle dans l'Affaire, afin que l'on puisse établir si, oui ou non, l'affaire Dreyfus en cachait une autre.

> Rien n'est plus dû à la vanité que la risée ; et c'est proprement à la vérité qu'il appartient de rire, parce qu'elle est gaie, et de se jouer de ses ennemis, parce qu'elle est assurée de la victoire.
>
> Blaise Pascal,
> *Onzième lettre écrite aux R.P. Jésuites*

La plupart des historiens, confrontés à des vérités qui bousculent leurs certitudes, commencent par sourire et hausser les épaules ; je préfère quant à moi froncer les sourcils et me masser le menton. Question d'attitude… C'est plus tard, quand vient le temps des agressions et des dénigrements, que j'adopte au contraire le ton de la risée.

Tard et mal agrégé au petit monde des professionnels de l'histoire, je m'y sens comparable à ces derniers venus qui, intégrés tant bien que mal au village, resteront « estrangers » au regard de ceux du cru. Je vis en quelque sorte aux marges de la communauté.

Cela me rend peut-être plus vigilent à ce qu'il s'y passe… Et lorsque, ne trouvant personne pour l'entendre, le fou du village s'en vient me crier qu'il y a le feu aux granges, j'attends, pour boire négligemment à sa santé, d'avoir moi-même inspecté les lieux. Est-ce ma faute si le porteur de la nouvelle retient moins facilement mon attention que la nouvelle elle-même ?

Il n'y a rien de bien méritoire, me semble-t-il, à priser en tout logique et bon sens. Et cependant – singulier paradoxe – ce sont les dispositions d'esprit les moins partagées parmi ceux qui font profession de réfléchir. Presque tous nos savants, confrontés à une situation étonnante – ou simplement inhabituelle – recourent pour l'expliquer à des causes plus étonnantes encore, encore moins habituelles. On les verra convoquer le Sort ou la Providence, et même invoquer un miracle, plutôt que de mettre en cause l'énoncé même du mystère.

Si la tradition villageoise veut, par exemple, que l'ancienne rivière ait passé par le sommet d'une côte, ils mettront plus d'énergie à justifier cette légende qu'à la critiquer ; et s'il est dit qu'un enfant de dix ans, jadis, a mis en fuite, à lui tout seul, l'armée du Grand Condé, ils ne se demanderont même pas quel intérêt ce prince aurait bien pu trouver dans un si piètre siège.

Pour expliquer la présence, en telle chapelle, d'une statue digne de Michel-Ange, ils iront prêter à je-ne-sais-quel artisan local une inspiration quasi-surnaturelle ; j'aurais plutôt tendance à y voir un chef-d'œuvre oublié du Maître ; mais qu'on n'essaie pas, en revanche, de me faire passer la pseudo-fresque du symboliste de service pour un Puvis de Chavanne – même si la grand-tante du maire était la filleule de ce peintre…

Enfin, devant le résumé consensuel des origines de la vendetta villageoise, je ne pourrai jamais me déprendre d'une certaine réserve, peu liante, peut-être, mais salutaire. Tant il est vrai que rien n'est plus aisé à distordre, après coup, que les causes intimes d'un conflit.

Sur les cinq cas traités dans cet ouvrage, l'avenir nous dira vite – du moins je l'espère – si les historiens dissidents que j'ai mis en avant voyaient juste.

Après tout, César, perdu chez les Eduens, s'est peut-être amusé à encercler, pour occuper ses légionnaires, un Vercingétorix empoté, coincé sur son mamelon… Jeanne d'Arc possédait peut-être, au nombre de ses super-pouvoirs, la science infuse des révérences de Cour et le talent natif de renverser les cités… Molière a peut-être reçu du Ciel – peu rancunier en l'espèce – le don subit d'écrire sans faute et de versifier comme un dieu… Et quelque pervers anonyme – collectionneur à ses heures – a peut-être violé la tombe de Napoléon pour le simple plaisir de lui chiper ses bas, sa médaille et sa cocarde, avant de le laisser reposer en paix, les jambes un peu fléchies… Quant à ces grands pontes qui, pénétrés de l'innocence du capitaine Dreyfus, l'ont sciemment maintenu dans son île du Diable, c'était peut-être, entre eux, un pari stupide, ou bien l'effet d'une hystérie entretenue par le fantôme du professeur Charcot…

On peut tout croire, surtout lorsque la croyance se drape dans la tradition, l'autorité, l'institution.

Est-ce si grave ? En soi, j'aurais tendance à penser qu'une vérité, même cachée, même tue pour ne pas dire anéantie, ne perd jamais vraiment ses droits, et qu'à terme – parfois très tard – elle finit, quoi qu'il advienne, par s'imposer. Ne possède-t-elle pas sur l'erreur le souverain avantage de l'éternité ?

Néanmoins, s'il me paraît utile en histoire, non de traquer l'erreur, mais de tendre vers plus de vérité, c'est que les conséquences pratiques d'un reniement peuvent être lourdes. Ainsi, à l'heure même où j'écris ces lignes, ce qui est sans doute le plus grand site de la celtique dort, oublié de tous, loin des pelles et des pinceaux des archéologues ; ce qui est sans doute la plus grande œuvre littéraire de langue française sommeille, négligée de tous, éparpillée dans des publications introuvables ; ce qui est sans doute le plus grand scandale de l'histoire politico-militaire française se terre, ignoré de tous, alors que des myriades d'étudiants épluchent, dans la pièce voisine, une affaire par ailleurs archi-instruite.

Aussi bien, si ce livre peut, de près ou de loin, directement ou indirectement, amener des fouilleurs à Chaux-des-Crotenay, inciter des chercheurs en Lettres à fouiller l'œuvre souterrain de Corneille, pousser de jeunes thésards à chercher la vérité sur les lacunes de l'état-major général d'une armée à son apogée, alors, je n'aurai pas perdu mon temps.

Du reste, je sais – entre nous – qu'il fut bien employé. C'est un petit secret que je vous confie : rien n'est plus intensément jubilatoire, ni plus stimulant, à tous égards, que la poursuite d'une lumière enfouie.

Table des cartes

Table

DU MÊME AUTEUR

Jacques Garcia
ou l'éloge du décor
Flammarion, 1999

Le Bal des ifs
Mémoires amoureux de Madame de Pompadour
Flammarion, 2000

Parfum
L'empire d'un sens
(photographies de Jacques Boulay)
Plume, 2001

Bruges
(photographies de Christian Sarramon)
Flammarion, 2002

Ils ont sauvé Versailles
De 1987 à nos jours
Perrin, 2003

La Grande Époque des sports d'hiver
Chêne, 2003

Gerald Van der Kemp
Un gentilhomme à Versailles
Perrin, 2005

L'Ombre des Romanov
XO, 2010

Au cœur de l'histoire
Flammarion, 2011
et « J'ai lu », n° 10092

Versailles après les rois
Perrin, 2012

Du sang sur l'histoire
Flammarion, 2012
et « J'ai lu », n° 10471

Dictionnaire amoureux de Versailles
Plon, 2013

Pauvre France
Qu'avons-nous fait de ton héritage ?
Flammarion, 2014

LA COUR DES DAMES

1. La Régente noire
Flammarion, 2007
et « J'ai lu », n° 8665

2. Les Fils de France
Flammarion, 2008
et « J'ai lu », n° 8947

3. Madame Catherine
Flammarion, 2009
et « J'ai lu », n° 9238